Johann Wolfgang von Goethe

Hermann und Dorothea

Johann Wolfgang von Goethe

Hermann und Dorothea

ISBN/EAN: 9783743624566

Hergestellt in Europa, USA, Kanada, Australien, Japan

Cover: Foto ©Andreas Hilbeck / pixelio.de

Weitere Bücher finden Sie auf **www.hansebooks.com**

Goethe's
Hermann und Dorothea,

WITH

COPIOUS EXPLANATORY NOTES

AND A

VOCABULARY.

SECOND EDITION, REVISED

BY

MORITZ FOERSTER,

AUTHOR OF THE GERMAN „PRIMER" ETC. ETC.

WILLIAMS AND NORGATE,
14, HENRIETTA STREET, COVENT GARDEN, LONDON;
AND 20, SOUTH FREDERICK STREET, EDINBURGH.
1876.

Was¹ der Junge doch fährt! und wie er bändigt die Hengste!
Sehr gut nimmt das Kütschchen² sich aus³, das neue; bequemlich
Säßen⁴ Viere darin, und auf dem Bocke⁵ der Kutscher⁶;
Dießmal fuhr er allein; wie rollt es leicht um die Ecke!
So sprach, unter dem Thore des Hauses sitzend am Markte,
Wohlbehaglich⁷, zur⁸ Frau der Wirth zum goldenen Löwen.

Und es⁹ versetzte darauf die kluge, verständige Hausfrau:
Vater, nicht gerne verschenk' ich die abgetragene¹⁰ Leinwand;
Denn sie ist zu manchem Gebrauch und für Geld nicht zu haben¹¹,
Wenn man ihrer bedarf. Doch heute gab ich so gerne
Manches bessere Stück an Ueberzügen¹² und Hemden;
Denn ich hörte von Kindern und Alten, die nackend dahergehn¹³.
Wirst du mir aber verzeihn? denn auch dein Schrank ist geplündert.
Und besonders den Schlafrock mit Indianischen¹⁴ Blumen,
Von dem feinsten Cattun, mit feinem Flanelle gefüttert¹⁵,
Gab ich hin; er ist dünn¹⁶ und alt und ganz aus der Mode.

Aber es lächelte drauf der treffliche Hauswirth und sagte:
Ungern vermiss' ich ihn doch, den alten cattunenen¹⁷ Schlafrock,
Aecht Ostindischen¹⁸ Stoffs¹⁹; so etwas kriegt²⁰ man nicht
  wieder.
Wohl! ich trug ihn nicht mehr. Man will jetzt freilich, der Mann soll

---

¹ Was, it is wonderful how, see v. 4. — ² Kütschchen, little carriage. — ³ aus, nimmt sich aus, looks. — ⁴ säßen, would sit. — ⁵ Bocke, box. ⁶ Kutscher, coachman. — ⁷ wohlbehaglich, at his ease. — ⁸ zur, to the, i. e. to his, as the definite article is often used instead of the possessive pronouns. — ⁹ es, es means here "there", as it generally does, when the nominative stands after the verb. — ¹⁰ abgetragene, worn out. — ¹¹ haben, to be bad. — ¹² Ueberzügen, pillow-cases. — ¹³ dahergehn, walk about. ¹⁴ Indianischen, Indian. — ¹⁵ gefüttert, lined. — ¹⁶ dünn, thin. — ¹⁷ cattunenen, cotton. — ¹⁸ Ostindischen, East Indian. — ¹⁹ Stoffs, stuff. — ²⁰ kriegt, gets.

Immer gehn im Sürtout¹ und in der Pekesche² sich zeigen,
Immer gestiefelt³ sein; verbannt ist Pantoffel⁴ und Mütze.

    Siehe! versetzte die Frau, dort kommen schon einige wieder,
Die den Zug mit gesehn⁵; er muß doch wohl schon vorbei sein.
Seht, wie allen die Schuhe⁶ so staubig sind! wie die Gesichter
Glühen! und jeglicher führt das Schnupftuch⁷, und wischt⁸ sich
                      den Schweiß ab.
Möcht' ich doch⁹ auch, in der Hitze¹⁰, nach solchem Schauspiel¹¹
                      so weit nicht
Laufen und leiden¹²! Fürwahr, ich habe genug am Erzählten¹³.

    Und es sagte darauf der gute Vater mit Nachdruck:
Solch ein Wetter ist selten zu solcher Ernte gekommen,
Und wir bringen die Frucht herein, wie das Heu schon herein ist,
Trocken; der Himmel ist hell, es ist kein Wölkchen¹⁴ zu sehen,
Und von Morgen wehet¹⁵ der Wind¹⁶ mit lieblicher Kühlung.
Das ist beständiges Wetter! und überreif¹⁷ ist das Korn schon;
Morgen fangen wir an¹⁸ zu schneiden¹⁹ die reichliche Ernte.

    Als er so sprach, vermehrten sich immer die Schaaren der Männer
Und der Weiber, die über den Markt sich nach Hause begaben²⁰;
Und so kam auch zurück mit seinen Töchtern gefahren

---

    ¹ Sürtout, surtout, coat. — ² Pekesche, frock-coat. — ³ gestiefelt, in boots. — ⁴ Pantoffel, slipper. — ⁵ gesehn, i. e. gesehn haben, have seen; the auxiliary verbs haben and sein are often left out, when they would have to stand after the participle at the end of the sentence. — ⁶ Schuhe, shoes. — ⁷ Schnupftuch, pocket-handkerchief. — ⁸ wischt, wipes. — ⁹ doch, I would indeed: see v. 1. — ¹⁰ Hitze, heat. — ¹¹ Schauspiel, sight. — ¹² leiden, to suffer. — ¹³ Erzählten, that which is reported. — ¹⁴ Wölkchen, little cloud. — ¹⁵ wehet, blows. — ¹⁶ Wind, wind. — ¹⁷ überreif, over-ripe. — ¹⁸ an, fangen an, begin. — ¹⁹ schneiden, to cut. — ²⁰ begaben, betook.

Rasch, an die andere Seite des Markts, der begüterte Nachbar,
An sein erneuertes Haus, der erste Kaufmann des Ortes,
Im geöffneten Wagen, er war in Landau[1] verfertigt.
Lebhaft wurden die Gassen; denn wohl war bevölkert[2] das Städtchen,
Mancher Fabriken befliß man sich[3] da, und manches Gewerbes.

Und so saß das trauliche Paar, sich, unter dem Thorweg
Ueber das wandernde Volk mit mancher Bemerkung[4] ergötzend.
Endlich aber begann die würdige Hausfrau und sagte:
Seht, dort kommt der Prediger her; es kommt auch der Nachbar
Apotheker mit ihm: die[5] sollen uns alles erzählen,
Was sie draußen gesehn, und was zu schauen nicht froh macht.

Freundlich kamen heran die beiden, und grüßten das Ehpaar,
Setzten sich auf die Bänke, die hölzernen, unter dem Thorweg,
Staub von den Füßen schüttelnd, und Luft mit dem Tuche sich fächelnd[6].
Da begann denn zuerst, nach wechselseitigen[7] Grüßen,
Der Apotheker zu sprechen und sagte, beinahe verdrießlich:
So sind die Menschen fürwahr! und einer ist doch wie der andre,
Daß er zu gaffen[8] sich freut, wenn den Nächsten[9] ein Unglück befället
Läuft doch jeder, die Flamme[10] zu sehn, die verderblich[11] empor-
schlägt[12],
Jeder den armen Verbrecher[13], der peinlich zum Tode geführt wird.
Jeder spaziert nun hinaus, zu schauen der guten Vertriebnen
Elend, und niemand bedenkt, daß ihn das ähnliche[14] Schicksal
Auch, vielleicht zunächst, betreffen kann, oder doch künftig.
Unverzeihlich[15] find' ich den Leichtsinn; doch liegt er im Menschen.

---

[1] Landau, a town in the Palatinate. — [2] bevölkert, populated. — [3] sich, they applied themselves to. — [4] Bemerkung, remark. — [5] die, these. — [6] fächelnd, fanning. — [7] wechselseitigen, mutual. — [8] gaffen, to stare. — [9] Nächsten, fellow-creature. — [10] Flamme, flame. — [11] verderblich, destructively. — [12] schlägt, flares up. — [13] Verbrecher, criminal. — [14] ähnliche, similar, like. — [15] unverzeihlich, unpardonable.

Und es sagte darauf der edle verständige Pfarrherr,
Er, die Zierde der Stadt, ein Jüngling, näher dem Manne.
Dieser kannte das Leben, und kannte der Hörer[1] Bedürfniß,
War vom hohen Werthe der heiligen Schriften durchdrungen,
Die uns der Menschen Geschick enthüllen und ihre Gesinnung;
Und so kannt' er auch wohl die besten weltlichen Schriften.
Dieser sprach: Ich tadle nicht gern, was immer dem Menschen
Für[2] unschädliche[3] Triebe[4] die gute Mutter Natur gab;
Denn was Verstand und Vernunft nicht immer vermögen, vermag oft
Solch ein glücklicher Hang[5], der unwiderstehlich uns leitet.
Lockte[6] die Neugier nicht den Menschen mit heftigen Reizen[7],
Sagt! erführ'[8] er wohl je, wie schön sich die weltlichen Dinge
Gegen einander verhalten?[9] Denn erst verlangt er das Neue,
Suchet das Nützliche dann mit unermüdetem[10] Fleiße;
Endlich begehrt er das Gute, das ihn erhebet und werth macht.
In der Jugend ist ihm ein froher Gefährte der Leichtsinn,
Der die Gefahr ihm verbirgt, und heilsam[11] geschwinde die Spuren
Tilget[12] des schmerzlichen Uebels, sobald es nur irgend vorbei=
zog[13].
Freilich ist er zu preisen[14], der Mann, dem in reiferen Jahren
Sich der gesetzte[15] Verstand aus solchem Frohsinn[16] entwickelt[17],
Der im Glück wie im Unglück sich eifrig[18] und thätig bestrebet;
Denn das Gute bringt er hervor und ersetzet[19] den Schaden[20].

---

[1] Hörer, hearers. — [2] Für, was immer für, what ever, belongs to Triebe. — [3] unschädlich, harmless. — [4] Triebe, impulses. — [5] Hang, inclination. [6] Lockte, supply "it". — [7] Reizen, allurements. — [8] erführ, would he learn. — [9] verhalten, behave. — [10] unermüdeten, unwearied. — [11] heilsam, wholesomely. — [12] tilget, obliterates. — [13] vorbeizog, went past. — [14] preisen, to be called fortunate; the German infinitive of the active voice must often be translated in English by the infinitive of the passive voice. — [15] gesetzte, staid. — [16] Frohsinn, gay heart. [17] entwickelt, developes itself. — [18] eifrig, zealously. — [19] ersetzet, repairs. — [20] Schaden, damage.

Freundlich begann sogleich die ungeduldige Hausfrau:
Saget uns, was ihr gesehn! denn das begehrt' ich zu wissen.

  Schwerlich, versetzte darauf der Apotheker mit Nachdruck,
Werd' ich so bald mich freu'n nach dem, was ich **alles**[1] erfahren.
Und wer erzählet es wohl, das mannichfaltigste Elend!
Schon von ferne sahn wir den Staub, noch eh' wir die Wiesen
Abwärts[2] kamen; der Zug war schon von Hügel zu Hügel
Unabsehlich[3] dahin, man konnte wenig erkennen.
Als wir nun aber den Weg, der **quer**[4] durch's Thal geht, erreichten,
War Gedräng' und **Getümmel**[5] noch groß der **Wandrer**[6] und
                                                            Wagen,
Leider sahen wir noch genug der Armen vorbeiziehn,
Konnten einzeln erfahren, wie bitter die schmerzliche Flucht sei,
Und wie froh das Gefühl des eilig geretteten Lebens.
Traurig war es zu sehn, die mannichfaltige Habe,
Die ein Haus nur verbirgt, das **wohlversehne**[7], und die ein
Guter Wirth umher an die rechten Stellen gesetzt hat,
Immer bereit zum Gebrauche, denn alles ist **nöthig**[8] und nützlich,
Nun zu sehen das alles, auf mancherlei Wagen und Karren
Durch einander **geladen**[9], mit **Uebereilung**[10] geflüchtet.
Ueber dem Schranke lieget das **Sieb**[11] und die **wollene**[12] **Decke**[13],
In dem **Backtrog**[14] das Bett, und das Leintuch über dem Spiegel.
Ach! und es nimmt die Gefahr, wie wir beim Brande vor zwanzig
Jahren auch wohl gesehn, dem Menschen alle Besinnung,

---

[1] **alles**, nach dem, was ich alles, "after all that I"; in German the word all "all" frequently follows after demonstrative and relative pronouns, whilst in English it precedes them. — [2] **Abwärts**, downwards. — [3] **Unabsehlich**, interminable to the eye. — [4] **quer**, across. — [5] **Getümmel**, bustle. — [6] **Wanderer**, wanderers (on foot). — [7] **wohlversehne**, well-provided. — [8] **nöthig**, necessary. — [9] **geladen**, promiscuously loaded. — [10] **Uebereilung**, precipitation. — [11] **Sieb**, sieve. — [12] **wollene**, woolen. — [13] **Decke**, blanket. — [14] **Backtrog**, kneading trough.

Daß er das Unbedeutende[1] faßt und das Theure zurückläßt[2].
Also führten auch hier, mit unbesonnener[3] Sorgfalt[4],
Schlechte Dinge sie fort, die Ochsen und Pferde beschwerend:[5]
Alte Bretter und Fässer, den Gänsestall[6] und den Käfig[7].
Auch so keuchten[8] die Weiber und Kinder, mit Bündeln sich schleppend,
Unter Körben und Butten[9] voll Sachen keines Gebrauches;
Denn es verläßt der Mensch so ungern das letzte der Habe.
Und so zog auf dem staubigen Weg der drängende Zug fort,
Ordnungslos[10] und verwirrt. Mit schwächeren Thieren, der eine,
Wünschte langsam zu fahren, ein anderer emsig zu eilen.
Da entstand[11] ein Geschrei der gequetschten[12] Weiber und Kinder,
Und ein Blöken[13] des Viehes, dazwischen[14] der Hunde Gebel=
 fer,[15]
Und ein Wehlaut[16] der Alten und Kranken, die hoch auf dem schweren
Uebergepackten[17] Wagen auf Betten saßen und schwankten.
Aber, aus dem Geleise[18] gedrängt, nach dem Rande[19] des Hoch=
 wegs[20]
Irrte das knarrende[21] Rad[22]; es stürzt' in den Graben das
 Fuhrwerk,
Umgeschlagen[23], und weithin[24] entstürzten im Schwunge[25] die
 Menschen,
Mit entsetzlichem Schrei'n, in das Feld hin, aber doch glücklich.
Später stürzten die Kasten, und fielen näher dem Wagen.

---

[1] Unbedeutende, unimportant. — [2] zurückläßt, leaves behind. — [3] unbesonnener, inconsiderate. — [4] Sorgfalt, solicitude. — [5] beschwerend, encumbering. — [6] Gänsestall, goose-pen. — [7] Käfig, bird-cage. — [8] keuchten, panted. — [9] Butten, tubs. — [10] Ordnungslos, without order. — [11] entstand, arose. — [12] gequetschten, squeezed. — [13] Blöken, bleating. — [14] dazwischen, between it. — [15] Gebelfer, barking. — [16] Wehlaut, lamentation. — [17] übergepackten, overloaded. — [18] Geleise, rut. — [19] Rande, edge. — [20] Hochwegs, causeway. — [21] knarrende, creaking. — [22] Rad, wheel. — [23] Umgeschlagen, turned upside down. — [24] weithin, far away. — [25] Schwunge, impetus.

Wahrlich, wer im Fallen¹ sie sah, der erwartete nun sie
Unter der Last der Kisten² und Schränke zerschmettert³ zu schauen.
Und so lag zerbrochen⁴ der Wagen, und hülflos⁵ die Menschen;
Denn die übrigen gingen und zogen eilig vorüber,
Nur sich selber bedenkend und hingerissen⁶ vom Strome⁷.
Und wir eilten hinzu, und fanden die Kranken und Alten,
Die zu Hauſ' und im Bett schon kaum ihr dauerndes Leiden
Trügen⁸, hier auf dem Boden, beschädigt⁹, ächzen¹⁰ und
 jammern,
Von der Sonne verbrannt und erstickt¹¹ vom wogenden¹² Staube.

Und es sagte darauf, gerührt, der menschliche Hauswirth:
Möge doch Hermann sie treffen und sie erquicken und kleiden!
Ungern würd' ich sie sehn; mich schmerzt¹³ der Anblick des Jammers.
Schon von dem ersten Bericht¹⁴ so großer Leiden gerühret,
Schickten wir eilend ein Scherflein¹⁵ von unserm Ueberfluß¹⁶,
 daß nur
Einige würden gestärkt, und schienen uns selber beruhigt.
Aber laßt uns nicht mehr die traurigen Bildern erneuern;
Denn es beschleicht¹⁷ die Furcht gar bald die Herzen der Menschen,
Und die Sorge, die mehr als selbst mir das Uebel verhaßt¹⁸ ist.
Tretet herein in den hinteren¹⁹ Raum, das kühlere²⁰ Sälchen²¹
Nie scheint Sonne dahin, nie dränget wärmere Luft dort
Durch die stärkeren Mauern; und Mütterchen bringt uns ein Gläs-
 chen²²

---

¹ Fallen, falling. — ² Kisten, chests. — ³ zerschmettert, smashed.
⁴ zerbrochen, broken. — ⁵ hülflos, helpless. — ⁶ hingerissen, carried away. — ⁷ Strome, stream. — ⁸ Trügen, could bear. — ⁹ beschädigt, injured. — ¹⁰ ächzen, groan. — ¹¹ erstickt, choked. — ¹² wogenden, waving. — ¹³ schmerzt, pains. — ¹⁴ Bericht, report. — ¹⁵ Scherflein, mite. — ¹⁶ Ueberfluß, superfluity. — ¹⁷ beschleicht, creeps over. — ¹⁸ verhaßt, hated. — ¹⁹ hinteren, hinder, at the back. — ²⁰ kühlere, cooler. — ²¹ Sälchen, little saloon. — ²² Gläschen, little glass.

Dreiundachtziger[1] her, damit wir die Grillen[2] vertreiben[3].
Hier ist nicht freundlich zu trinken; die Fliegen[4] umsummen[5] die
Gläser.
Und sie gingen dahin und freuten sich alle der Kühlung.

Sorgsam[6] brachte die Mutter des klaren[7] herrlichen Weines,
In geschliffener[8] Flasche auf blankem zinnernem[9] Runde[10],
Mit den grünlichen[11] Römern[12], den ächten Bechern[13] des Rhein=
weins[14].
Und so sitzend umgaben[15] die Drei den glänzend gebohnten[16],
Runden braunen[17] Tisch, er stand auf mächtigen Füßen.
Heiter klangen[18] sogleich die Gläser des Wirthes und Pfarrers;
Doch unbeweglich[19] hielt der dritte denkend das seine,
Und es fordert' ihn auf[20] der Wirth mit freundlichen Worten:

Frisch[21], Herr Nachbar, getrunken[22]! denn noch bewahrte
vor Unglück
Gott uns gnädig[23], und wird auch künftig uns also bewahren.
Denn wer erkennet es nicht, daß seit dem schrecklichen Brande,
Da er so hart uns gestraft[24], er uns nun beständig erfreut hat,
Und beständig beschützt, sowie der Mensch sich des Auges
Köstlichen Apfel[25] bewahrt, der vor allen Gliedern ihm lieb ist.
Sollt' er fernerhin[26] nicht uns schützen und Hülfe bereiten?

---

[1] Dreiundachtziger, wine of the vintage of 1783. — [2] Grillen, unpleasant thoughts. — [3] vertreiben, drive away. — [4] Fliegen, flies. — [5] umsummen, buzz around. — [6] Sorgsam, carefully. — [7] klaren, clear. — [8] geschliffener, (of) cut (glass). — [9] zinnernem, of tin. — [10] Runde, round salver. — [11] grünlichen, greenish. — [12] Römern, rummers (wineglass). — [13] Bechern, goblets. — [14] Rheinweins, Rhenish wine. — [15] umgaben, surrounded. — [16] gebohnten, polished. — [17] braunen, brown. — [18] klangen, tinkled. — [19] unbeweglich, immoveably. — [20] auf, fordert auf, summons. — [21] frisch, quick. — [22] getrunken, drink! (past participle of trinken). — [23] gnädig, graciously. — [24] gestraft, (had) punished. — [25] Apfel, pupil. — [26] fernerhin, in future.

Denn man sieht es erst recht, wie viel er vermag, in Gefahren.
Sollt' er die blühende¹ Stadt, die er erst durch fleißige Bürger
Neu aus der Asche² gebaut und dann sie reichlich gesegnet,
Jetzo wieder zerstören und alle Bemühung³ vernichten⁴?

Heiter sagte darauf der treffliche Pfarrer, und milde:
Haltet am Glauben⁵ fest, und fest an dieser Gesinnung!
Denn sie macht im Glücke verständig und sicher, im Unglück
Reicht sie den schönsten Trost und belebt die herrlichste Hoffnung.

Da versetzte der Wirth, mit männlichen klugen Gedanken:
Wie begrüßt' ich so oft mit Staunen⁶ die Fluthen des Rhein=
　　　　　　　　　　　　　　　　　　　　　　　　stroms⁷, -
Wenn ich, reisend nach meinem Geschäft, ihm wieder mich nahte!
Immer schien er mir groß, und erhob mir Sinn und Gemüthe;
Aber ich konnte nicht denken, daß bald sein liebliches Ufer⁸
Sollte werden ein Wall⁹, um abzuwehren den Franken,
Und sein verbreitetes¹⁰ Bett ein allverhindernder¹¹ Graben.
Seht, so schützt die Natur, so schützen die wackeren Deutschen,
Und so schützt uns der Herr; wer wollte thöricht verzagen¹²?
Müde¹³ schon sind die Streiter¹⁴, und alles deutet auf Frieden.
Möge doch auch, wenn das Fest, das lang erwünschte, gefeiert¹⁵
Wird, in unserer Kirche, die Glocke dann tönt¹⁶ zu der Orgel¹⁷,
Und die Trompete schmettert¹⁸, das hohe Te Deum begleitend —
Möge mein Hermann doch auch an diesem Tage, Herr Pfarrer,
Mit der Braut, entschlossen, vor Euch am Altare sich stellen,

---

¹ blühende, flourishing. — ² Asche, ashes. — ³ Bemühung, endeavour. — ⁴ vernichten, annihilate. — ⁵ Glauben, faith. — ⁶ Staunen, wonder. — ⁷ Rheinstroms, river Rhine. — ⁸ Ufer, bank. — ⁹ Wall, rampart. — ¹⁰ verbreitetes, widened. — ¹¹ allverhindernder, all-impeding. — ¹² verzagen, despair. — ¹³ Müde, tired. — ¹⁴ Streiter, combatants. — ¹⁵ gefeiert, celebrated. — ¹⁶ tönt, sounds. — ¹⁷ Orgel, organ. — ¹⁸ schmettert, is braying.

Und das glückliche Fest, in allen den Landen begangen¹,
Auch mir künftig erscheinen der häuslichen Freuden ein Jahrstag²!
Aber ungern seh' ich den Jüngling, der immer so thätig
Mir in dem Hause sich regt, nach außen³ langsam und schüchtern.
Wenig findet er Lust sich unter den Leuten zu zeigen;
Ja, er vermeidet⁴ sogar der jungen Mädchen Gesellschaft,
Und den fröhlichen Tanz, den alle Jugend begehret.

Also sprach er und horchte. Man hörte der stampfenden Pferde
Fernes Getöse sich nahn, man hörte den rollenden Wagen,
Der mit gewaltiger Eile nun donnert'⁵ unter dem Thorweg.

---

¹ begangen, celebrated. — ² Jahrstag, anniversary. — ³ außen, nach außen, abroad. — ⁴ vermeidet, avoids. — ⁵ donnert', thundered.

Terpsichore.

Hermann.

Als nun der wohlgebildete Sohn in's Zimmer hereintrat¹,
Schaute der Prediger ihm mit scharfen² Blicken entgegen,
Und betrachtete seine Gestalt und sein ganzes Benehmen³,
Mit dem Auge des Forschers⁴, der leicht die Mienen⁵ enträthselt⁶,
Lächelte dann, und sprach zu ihm mit traulichen Worten:
Kommt Ihr doch als ein veränderter Mensch! Ich habe noch niemals
Euch so munter gesehen und Eure Blicke so lebhaft,
Fröhlich kommt Ihr und heiter; man sieht, Ihr habet die Gaben
Unter die Armen vertheilt und ihren Segen empfangen.

Ruhig erwiderte drauf der Sohn mit ernstlichen⁷ Worten:
Ob ich löblich gehandelt? ich weiß es nicht; aber mein Herz hat
Mich geheißen⁸ zu thun, so wie ich genau nun erzähle.
Mutter, Ihr kramtet⁹ so lange, die alten Stücke zu suchen
Und zu wählen; nur spät war erst das Bündel zusammen,
Auch der Wein und das Bier ward langsam, sorglich gepacket,
Als ich nun endlich vor's Thor und auf die Straße hinauskam¹⁰,

---

¹ hereintrat, entered. — ² scharfen, keen. — ³ Benehmen, behaviour. — ⁴ Forschers, enquirer. — ⁵ Mienen, looks. — ⁶ enträthselt, unravels. — ⁷ ernstlichen, grave. — ⁸ geheißen, bid. — ⁹ kramtet, rummaged. — ¹⁰ hinauskam, came out.

Strömte¹ zurück die Menge der Bürger mit Weibern und Kindern,
Mir entgegen; denn fern war schon der Zug der Vertriebenen.
Schneller hielt ich mich dran², und fuhr behende dem Dorf zu,
Wo sie, wie ich gehört, heut übernachten³ und rasten.
Als ich nun meines Weges die neue Straße hinanfuhr⁴,
Fiel mir ein Wagen in's Auge⁵, von tüchtigen Bäumen gefüget,
Von zwei Ochsen gezogen⁶, den größten und stärksten des Auslands;
Nebenher aber ging mit starken Schritten ein Mädchen,
Lenkte mit langem Stabe die beiden gewaltigen Thiere,
Trieb sie an und hielt sie zurück, sie leitete klüglich⁷.
Als mich das Mädchen erblickte, so trat sie den Pferden gelassen
Näher und sagte zu mir: Nicht immer war es mit uns so
Jammervoll⁸, als Ihr uns heut auf diesen Wegen erblicket,
Noch nicht bin ich gewohnt, von Fremden die Gabe zu heischen⁹,
Die er oft ungern giebt¹⁰, um los zu werden den Armen;
Aber mich dränget die Noth zu reden. Hier auf dem Strohe
Liegt die erst entbundene¹¹ Frau des reichen Besitzers,
Die ich mit Stieren¹² und Wagen noch kaum, die schwangre¹³ gerettet.
Spät nur kommen wir nach, und kaum das Leben erhielt¹⁴ sie.
Nun liegt, neugeboren¹⁵, das Kind ihr nackend im Arme,
Und mit Wenigem nur vermögen die Unsern¹⁶ zu helfen,
Wenn wir im nächsten Dorf, wo wir heute zu rasten gedenken,
Auch sie finden, wiewohl¹⁷ ich fürchte, sie sind schon vorüber.
Wär' Euch irgend von Leinwand nur was Entbehrliches¹⁸, wenn ihr
Hier aus der Nachbarschaft seid, so spendet's gütig den Armen.

---

¹ strömte, streamed. — ² dran, hielt ich mich dran, I stuck to it, i. e. I drove. — ³ übernachten, spend the night. — ⁴ hinanfuhr, drove up. — ⁵ Auge, fiel mir in's Auge, attracted my eye. — ⁶ gezogen, drawn. ⁷ klüglich, wisely. — ⁸ jammervoll, pitiful. — ⁹ heischen, solicit. — ¹⁰ giebt, gives. — ¹¹ entbundene, delivered. — ¹² Stieren, oxen. — ¹³ schwangre, pregnant. — ¹⁴ erhielt, preserved. — ¹⁵ neugeboren, newborn. — ¹⁶ Unsern, our people. — ¹⁷ wiewohl, although. — ¹⁸ Entbehrliches, anything you can spare.

Also sprach sie und matt¹ erhob sich vom Strohe die bleiche²
Wöchnerin, schaute nach mir; ich aber sagte dagegen:
Guten Menschen, fürwahr, spricht oft ein himmlischer Geist zu,
Daß sie fühlen die Noth, die dem armen Bruder bevorsteht;
Denn so gab mir die Mutter, im Vorgefühle³ von Eurem
Jammer, ein Bündel, sogleich es der nackten⁴ Nothdurft⁵ zu
                                            reichen.
Und ich lös'te die Knoten der Schnur⁶ und gab ihr den Schlafrock
Unseres Vaters dahin, und gab ihr Hemden und Leintuch.
Und sie dankte mit Freuden, und rief: Der Glückliche glaubt nicht,
Daß noch Wunder geschehen; denn nur im Elend erkennt man
Gottes Hand und Finger, der gute Menschen zum Guten
Leitet. Was er durch Euch an uns thut, thu' er Euch selber.
Und ich sah die Wöchnerin froh die verschiedene Leinwand,
Aber besonders den weichen Flanell des Schlafrocks befühlen⁷.
Eilen wir, sagte zu ihr die Jungfrau, dem Dorf zu, in welchem
Unsre Gemeine schon rastet und diese Nacht durch sich aufhält⁸;
Dort besorg' ich sogleich das Kinderzeug⁹, alles und jedes.
Und sie grüßte mich noch, und sprach¹⁰ den herzlichsten Dank aus,
Trieb die Ochsen; da ging der Wagen. Ich aber verweilte,
Hielt die Pferde noch an; denn Zwiespalt war mir im Herzen,
Ob ich mit eilenden Rossen das Dorf erreichte, die Speisen
Unter das übrige Volk zu spenden, oder sogleich hier
Alles dem Mädchen gäbe¹¹, damit sie es weislich vertheilte.
Und ich entschied¹² mich gleich in meinem Herzen, und fuhr ihr
Sachte nach, und erreichte sie bald und sagte behende:
Gutes Mädchen, mir hat die Mutter nicht Leinwand alleine
Auf den Wagen gegeben, damit ich den Nackten bekleide¹³,

¹ matt, faint. — ² bleiche, pale. — ³ Vorgefühl, presentiment.
— ⁴ nackten, naked. — ⁵ Nothdurft, want. — ⁶ Schnur, string. —
⁷ befühlen, to feel. — ⁸ aufhält, sich aufhält, stays. — ⁹ Kinderzeug,
baby-clothes. — ¹⁰ sprach, sprach aus, expressed. — ¹¹ gäbe, should give.
— ¹² entschied, decided. — ¹³ bekleide, may clothe.

Sondern sie fügte dazu noch Speis' und manches Getränke¹,
Und es ist mir genug davon im Kasten des Wagens.
Nun bin ich aber geneigt, auch diese Gaben in deine
Hand zu legen, und so erfüll' ich am besten den Auftrag²;
Du vertheilst sie mit Sinn, ich müßte dem Zufall gehorchen³.
Drauf versetzte das Mädchen: Mit aller Treue verwend' ich
Eure Gaben; der Dürftige soll sich derselben erfreuen.
Also sprach sie. Ich öffnete schnell die Kasten des Wagens,
Brachte die Schinken⁴ hervor, die schweren, brachte die Brode,
Flaschen Weines und Biers, und reicht' ihr alles und jedes.
Gerne hätte ich noch mehr ihr gegeben; doch leer war der Kasten.
Alles packte sie drauf zu der Wöchnerin Füßen und zog so
Weiter; ich eilte zurück mit meinen Pferden der Stadt zu.

Als nun Hermann geendet, da nahm der gesprächige Nachbar
Gleich das Wort, und rief: O glücklich, wer in den Tagen
Dieser Flucht und Verwirrung in seinem Haus nur allein lebt,
Wem nicht Frau und Kinder zur Seite bange sich schmiegen!⁵
Glücklich fühl' ich mich jetzt; ich möcht' um vieles nicht heute
Vater heißen und nicht für Frau und Kinder besorgt sein.
Oefters⁶ dacht' ich mir auch schon die Flucht, und habe die besten
Sachen zusammengepackt⁷, das alte Geld und die Ketten⁸
Meiner seligen Mutter, wovon⁹ noch nichts verkauft¹⁰ ist.
Freilich bliebe¹¹ noch vieles zurück, das so leicht nicht geschafft wird.
Selbst die Kräuter¹² und Wurzeln, mit vielem Fleiße gesammelt¹³
Mißt' ich¹⁴ ungern, wenn auch der Werth der Waare nicht groß ist.

---

¹ Getränke, drink. — ² Auftrag, commission. — ³ gehorchen,
to obey. — ⁴ Schinken, hams. — ⁵ schmiegen, sich schmiegen, cling to. —
⁶ Oefters, often. — ⁷ zusammengepackt, packed together. — ⁸ Ketten,
chains. — ⁹ wovon, of which. — ¹⁰ verkauft, sold. — ¹¹ bliebe, would
remain. — ¹² Kräuter, herbs. — ¹³ gesammelt, gathered. — ¹⁴ ich,
mißt' ich, I should miss.

Bleibt¹ der Provisor² zurück, so geh ich getröstet von Hause.
Hab' ich die Baarschaft³ gerettet und meinen Körper, so hab' ich
Alles gerettet; der einzelne Mann entfliehet⁴ am leichtsten.

Nachbar, versetzte darauf der junge Hermann, mit Nachdruck:
Keinesweges⁵ denk' ich wie Ihr, und table die Rede.
Ist wohl der ein würdiger Mann, der im Glück und im Unglück,
Sich nur allein bedenkt, und Leiden und Freuden zu theilen
Nicht verstehet, und nicht dazu von Herzen bewegt wird?
Lieber möcht' ich, als je, mich heute zur Heirath entschließen⁶;
Denn manch gutes Mädchen bedarf des schützenden Mannes,
Und der Mann des erheiternden Weibs, wenn ihm Unglück bevorsteht.

Lächelnd sagte darauf der Vater: So hör' ich dich gerne!
Solch ein vernünftiges Wort hast du mir selten gesprochen.

Aber es fiel sogleich die gute Mutter behend ein:
Sohn, fürwahr! du hast Recht; wir Eltern gaben das Beispiel.
Denn wir haben uns nicht an fröhlichen Tagen erwählet,
Und uns knüpfte vielmehr die traurigste Stunde zusammen.
Montag⁷ Morgens — ich weiß es genau; denn Tages vorher⁸
war
Jener schreckliche Brand, der unser Städtchen verzehrte —
Zwanzig Jahre sind's nun; es war ein Sonntag wie heute,
Heiß und trocken die Zeit und wenig Wasser im Orte.
Alle Leute waren, spazierend in festlichen Kleidern,
Auf den Dörfern vertheilt und in den Schenken⁹ und Mühlen¹⁰.
Und am Ende der Stadt begann das Feuer. Der Brand lief

---

¹ Bleibt, (if) remains. — ² Provisor, assistant. — ³ Baarschaft, ready money. — ⁴ entfliehet, escapes. — ⁵ Keineswegs, by no means. — ⁶ entschließen, resolve. — ⁷ Montag, Monday. — ⁸ vorher, before. — ⁹ Schenken, taverns. — ¹⁰ Mühlen, mills.

Eilig die Straßen hindurch, erzeugend sich selber den Zugwind¹.
Und es brannten² die Scheunen der reichgesammelten³ Ernte,
Und es brannten die Straßen bis zu dem Markt, und das Haus war
Meines Vaters hierneben⁴ verzehrt, und dieses zugleich mit.
Wenig flüchteten wir. Ich saß, die traurige Nacht durch,
Vor der Stadt auf dem Anger, die Kasten und Betten bewahrend;
Doch zuletzt besiel⁵ mich der Schlaf, und als nun des Morgens
Mich die Kühlung erweckte⁶, die vor der Sonne herabfällt⁷,
Sah ich den Rauch⁸ und die Gluth und die hohlen⁹ Mauern und Essen.¹⁰
Da war beklemmt mein Herz; allein die Sonne ging wieder
Herrlicher auf als je, und flößte¹¹ mir Muth in die Seele.
Da erhob ich mich eilends. Es trieb mich, die Stätte zu sehen,
Wo die Wohnung gestanden¹², und ob sich die Hühner¹³ gerettet,
Die ich besonders geliebt; denn kindisch¹⁴ war mein Gemüth noch.
Als ich nun über die Trümmer des Hauses und Hofes daher stieg,
Die noch rauchten¹⁵, und so die Wohnung wüst und zerstört sah,
Kamst du zur andern Seite herauf¹⁶ und durchsuchtest¹⁷ die Stätte.
Dir war ein Pferd in dem Stalle verschüttet;¹⁸ die glimmenden¹⁹
Balken
Lagen darüber²⁰ und Schutt, und nichts zu sehn²¹ war vom Thiere.
Also standen wir gegen einander, bedenklich und traurig:
Denn die Wand²² war gefallen, die unsere Höfe geschieden²³.
Und du faßtest darauf mich bei der Hand an, und sagtest:
Lieschen²⁴, wie kommst du hieher? Geh weg! du verbrennest²⁵ die Sohlen²⁶;
Denn der Schutt ist heiß, er sengt²⁷ mir die stärkeren Stiefeln.
Und du hobest mich auf und trugst mich herüber, durch deinen
Hof weg. Da stand noch das Thor des Hauses mit seinem Gewölbe²⁸,

---

¹ draught. — ² were burning. — ³ richly gathered. — ⁴ close by. —
⁵ overcame. — ⁶ awoke. — ⁷ falls down. — ⁸ smoke. — ⁹ hollow. —
¹⁰ chimneys. — ¹¹ infused. — ¹² (had) stood. — ¹³ fowls. — ¹⁴ childish. —
¹⁵ smoked. — ¹⁶ up. — ¹⁷ didst search through. — ¹⁸ buried. — ¹⁹ smouldering. — ²⁰ over it. — ²¹ to be seen. — ²² wall. — ²³ (had) separated. —
²⁴ Lizzy. — ²⁵ burnest. — ²⁶ soles. — ²⁷ singes. — ²⁸ vaulted ceiling.

Wie es jetzt steht; es war allein von allem geblieben.
Und du setztest mich nieder und küßtest mich und ich verwehrt'[1] es.
Aber du sagtest darauf mit freundlich bedeutenden Worten:
Siehe, das Haus liegt nieder. Bleib hier, und hilf[2] mir es bauen,
Und ich helfe dagegen auch deinem Vater an seinem.
Doch ich verstand dich nicht, bis du zum Vater die Mutter
Schicktest und schnell das Gelübd'[3] der fröhlichen Ehe[4] vollbracht war.
Noch erinnr' ich mich heute des halbverbrannten[5] Gebälkes
Freudig, und sehe die Sonne noch immer so herrlich heraufgehn[6];
Denn mir gab der Tag den Gemahl[7], es haben die ersten
Zeiten der wilden Zerstörung[8] den Sohn mir der Jugend gegeben.
Darum lob' ich dich Hermann, daß du mit reinem Vertrauen
Auch ein Mädchen dir denkst in diesen traurigen Zeiten,
Und es wagtest zu frei'n im Krieg und über den Trümmern.

 Da versetzte sogleich der Vater lebhaft und sagte:
Die Gesinnung ist löblich, und wahr ist auch die Geschichte,
Mütterchen, die du erzählst; denn so ist alles begegnet.
Aber besser ist besser. Nicht einen jeden betrifft[9] es
Anzufangen von vorn[10] sein ganzes Leben und Wesen:
Nicht soll jeder sich quälen[11], wie wir und andere thaten.
O, wie glücklich ist der, dem Vater und Mutter das Haus schon
Wohlbestellt[12] übergeben, und der mit Gedeihen[13] es ausziert![14]
Aller Anfang[15] ist schwer, am schwersten der Anfang der Wirthschaft.
Mancherlei Dinge bedarf der Mensch, und alles wird täglich
Theurer; da seh er sich vor[16], des Geldes mehr zu erwerben.[17]
Und so hoff' ich von dir, mein Hermann, daß du mir nächstens[18]

---

[1] prevented. — [2] help. — [3] promise. — [4] marriage. — [5] half-burnt. — [6] rise up. — [7] husband. — [8] destruction. — [9] befalls, (it is not every one's lot). — [10] von vorn, from the commencement. — [11] to plague. — [12] well provided. — [13] comfort. — [14] adorns. — [15] beginning. — [16] seh' er sich vor, let him take care. — [17] to gain. — [18] very soon. —

In das Haus die Braut mit schöner Mitgift¹ hereinführst²;
Denn ein wackerer Mann verdient ein begütertes Mädchen,
Und es behaget³ so wohl, wenn mit dem gewünschten Weibchen
Auch in Körben und Kasten die nützliche Gabe hereinkommt.
Nicht umsonst bereitet durch manche Jahre die Mutter
Viele Leinwand der Tochter, von feinem und starkem Gewebe⁴;
Nicht umsonst verehren die Pathen⁵ ihr Silbergeräthe⁶;
Und der Vater sondert⁷ im Pulte⁸ das seltene Goldstück:
Denn sie soll dereinst mit ihren Gütern und Gaben
Jenen Jüngling erfreun, den sie vor allen erwählt hat.
Ja, ich weiß, wie behaglich ein Weibchen im Hause sich findet,
Das ihr eignes Geräth⁹ in Küch'¹⁰ und Zimmern erkennet,
Und das Bette sich selbst und den Tisch sich selber gedeckt¹¹ hat.
Nur wohl ausgestattet¹² möcht' ich im Hause die Braut sehn;
Denn die Arme wird doch nur zuletzt vom Manne verachtet¹³,
Und er hält sie als Magd, die als Magd mit dem Bündel hereinkam¹⁴.
Ungerecht bleiben die Männer, die Zeiten der Liebe vergehen¹⁵.
Ja, mein Hermann, du würdest mein Alter höchlich erfreuen,
Wenn du mir bald in's Haus ein Schwiegertöchterchen brächtest¹⁶
Aus der Nachbarschaft her, aus jenem Hause, dem grünen.
Reich ist der Mann fürwahr: sein Handel und seine Fabriken
Machen ihn täglich reicher; denn wo gewinnt nicht der Kaufmann?
Nur drei Töchter sind da; sie theilen allein das Vermögen.
Schon ist die ältste bestimmt, ich weiß es; aber die zweite,
Wie die dritte sind noch, und vielleicht nicht lange, zu haben¹⁷.
Wär' ich an deiner Statt, ich hätte bis jetzt nicht gezaudert,
Eins mir der Mädchen geholt¹⁸, so wie ich das Mütterchen forttrug¹⁹.

---

¹ dowry. — ² bringest in here. — ³ pleases. — ⁴ texture. — ⁵ godfathers and godmothers. — ⁶ silver things. — ⁷ lays aside. — ⁸ desk. — ⁹ furniture. ¹⁰ kitchen. — ¹¹ covered. — ¹² endowed. — ¹³ despised. — ¹⁴ came in. — ¹⁵ pass away. — ¹⁶ didst bring. — ¹⁷ to be got. — ¹⁸ fetched (say: but I had fetched etc.). — ¹⁹ carried off.

Da verſetzte der Sohn beſcheiden dem dringenden Vater:
Wirklich, mein Wille war auch, wie Eurer, eine der Töchter
Unſers Nachbars zu wählen. Wir ſind zuſammen erzogen[1],
Spielten neben dem Brunnen am Markt in früheren Zeiten,
Und ich habe ſie oft vor der Knaben Wildheit[2] beſchützet.
Doch das iſt lange ſchon her; es bleiben die wachſenden[3] Mädchen
Endlich billig zu Haus, und fliehen die wilderen Spiele.[4]
Wohlgezogen[5] ſind ſie gewiß! Ich ging auch zu Zeiten
Noch aus alter Bekanntſchaft[6], ſo wie ihr es wünſchtet, hinüber.
Aber ich konnte mich nie in ihrem Umgang[7] erfreuen.
Denn ſie tadelten ſtets an mir, das mußt' ich ertragen:
Gar zu lang war mein Rock, zu grob[8] das Tuch und die Farbe
Gar zu gemein und die Haare nicht recht geſtutzt[9] und gekräuſelt[10].
Endlich hatt' ich im Sinne, mich auch zu putzen, wie jene
Handelsbübchen[11], die ſtets am Sonntag drüben ſich zeigen,
Und um die, halbſeiden[12], im Sommer das Läppchen[13] herumhängt[14],
Aber noch früh genug merkt' ich, ſie hatten mich immer zum beſten[15];
Und das war mir empfindlich; mein Stolz[16] war beleidigt; doch mehr noch
Kränkte mich's tief, daß ſo ſie den guten Willen verkannten[17],
Den ich gegen ſie hegte, beſonders Minchen, die jüngſte,
Denn ſo war ich zuletzt an Oſtern[18] hinübergegangen[19],
Hatte den neuen Rock, der jetzt nur oben im Schrank hängt,
Angezogen[20] und war friſirt[21] wie die übrigen Burſche[22].
Als ich eintrat[23], kicherten[24] ſie; doch zog[25] ich's auf mich nicht.
Minchen ſaß am Clavier; es war der Vater zugegen[26].

---

[1] brought up. — [2] rudeness. — [3] growing. — [4] games. — [5] well brought up. —
[6] acquaintance. — [7] intercourse. — [8] coarse. — [9] cut. — [10] curled. — [11] young
shopmen. — [12] half-silken. — [13] lappet. — [14] hangs about. — [15] zum beſten
haben, to make sport of. — [16] pride. — [17] misunderstood. — [18] Easter.
[19] gone over there. — [20] put on. — [21] with my hair dressed. — [22] lads.
[23] entered. — [24] tittered. — [25] applied. — [26] present.

Hörte die Töchterchen[1] singen, und war entzückt und in Laune.
Manches verstand ich nicht; was in den Liedern[2] gesagt war;
Aber ich hörte viel von Pamina, viel von Tamino,[3]
Und ich wollte doch auch nicht stumm[4] sein! Sobald sie geendet,
Fragt ich dem Texte[5] nach, und nach den beiden Personen.
Alle schwiegen darauf und lächelten; aber der Vater
Sagte: Nicht wahr[6], mein Freund, Er[7] kennt nur Adam und Eva?
Niemand hielt sich alsdann, und laut auf lachten die Mädchen,
Laut auf lachten die Knaben, es hielt den Bauch sich[8] der Alte.
Fallen ließ ich den Hut vor Verlegenheit[9], und das Gekicher[10]
Dauerte fort und fort, so viel sie auch[11] sangen[12] und spielten,
Und ich eilte beschämt und verdrießlich wieder nach Hause,
Hängte den Rock in den Schrank und zog die Haare herunter
Mit den Fingern und schwur nicht mehr zu betreten die Schwelle.
Und ich hatte wohl Recht, denn eitel[13] sind sie und lieblos,
Und ich höre, noch heiß' ich bei ihnen immer Tamino.

Da versetzte die Mutter: Du solltest, Hermann so lange
Mit den Kindern nicht zürnen; denn Kinder sind sie ja sämmtlich.
Minchen fürwahr ist gut, und war dir immer gewogen;
Neulich fragte sie noch nach dir. Die solltest du wählen!

Da versetzte bedenklich der Sohn: Ich weiß nicht, es prägte[14]
Jener Verdruß sich so tief bei mir ein, ich möchte fürwahr nicht
Sie am Claviere mehr sehen und ihre Liedchen[15] vernehmen.

Doch der Vater fuhr auf und sprach die zornigen[16] Worte:
Wenig Freud erleb'[17] ich an dir! Ich sagt' es doch immer,

---

[1] little daughters. — [2] songs. — [3] Tamino and Pamina are two persons in Mozart's opera "Il flauto magico." — [4] silent. — [5] text. — [6] is it not true. — [7] you. — [8] hielt den Bauch sich, held his sides. — [9] embarrassment. — [10] tittering. — [11] so viel auch, however much. — [12] sang. — [13] vain. — [14] impressed. — [15] little songs. — [16] angry. — [17] experience.

Als du zu Pferden nur und Lust nur bezeigtest[1] zum Acker:
Was ein Knecht schon verrichtet des wohlbegüterten[2] Mannes,
Thust du; indessen muß der Vater des Sohnes entbehren,
Der ihm zur Ehre doch auch vor anderen Bürgern sich zeigte,
Und so täuschte mich früh mit leerer Hoffnung die Mutter,
Wenn in der Schule das Lesen[3] und Schreiben[4] und Lernen[5] dir niemals
Wie den anderen gelang[6] und du immer der unterste[7] saßest.
Freilich! das kommt daher, wenn Ehrgefühl[8] nicht im Busen
Eines Jünglinges lebt und wenn er nicht höher hinauf will.
Hätte mein Vater gesorgt für mich, so wie ich für dich that,
Mich zur Schule gesendet und mir die Lehrer[9] gehalten,
Ja, ich wäre was anders, als Wirth zum goldenen Löwen.

Aber der Sohn stand auf und nahte sich schweigend der Thüre,
Langsam und ohne Geräusch; allein der Vater entrüstet[10],
Rief ihm nach: So gehe nur hin, ich kenne den Trotzkopf![11]
Geh' und führe fortan die Wirthschaft, daß ich nicht schelte;
Aber denke nur nicht, du wolltest ein bäurisches[12] Mädchen
Je mir bringen in's Haus, als Schwiegertochter[13], die Trulle![14]
Lange hab' ich gelebt und weiß mit Menschen zu handeln,
Weiß zu bewirthen[15] die Herren und Frauen, daß sie zufrieden
Von mir weggehn[16]; ich weiß den Fremden gefällig[17] zu schmeicheln.
Aber so soll mir denn auch ein Schwiegertöchterchen endlich
Wiederbegegnen[18] und so mir die viele Mühe[19] versüßen[20];
Spielen soll sie mir auch das Clavier; es sollen die schönsten,
Besten Leute der Stadt sich mit Vergnügen[21] versammeln,
Wie es Sonntags geschieht im Hause des Nachbars. Da drückte
Leise der Sohn auf die Klinke[22], und so verließ er die Stube.

---

[1] didst show. — [2] wealthy. — [3] reading. — [4] writing. — [5] learning. — [6] succeeded. — [7] lowermost. — [8] ambition. — [9] teachers. — [10] enraged. — [11] obstinate fellow. — [12] boorish. — [13] daughter-in-law. — [14] trollop. — [15] entertain. — [16] go away. — [17] obligingly. — [18] behave similarly. — [19] trouble. — [20] sweeten. — [21] pleasure. — [22] latch.

Thalia.

Die Bürger.

Also entwich[1] der bescheidene Sohn der heftigen Rede;
Aber der Vater fuhr in der Art fort, wie er begonnen[2]:
Was im Menschen nicht ist, kommt auch nicht aus ihm, und schwerlich
Wird mich des herzlichsten Wunsches Erfüllung[3] jemals erfreuen,
Daß der Sohn dem Vater nicht gleich sei, sondern ein beßrer.
Denn was wäre das Haus, was wäre die Stadt, wenn nicht immer
Jeder gedächte mit Lust zu erhalten und zu erneuen,
Und zu verbessern[4] auch, wie die Zeit uns lehrt und das Ausland!
Soll doch nicht als ein Pilz[5] der Mensch dem Boden entwachsen[6],
Und verfaulen geschwind an dem Platze, der ihn erzeugt hat,
Keine Spur nachlassend[7] von seiner lebendigen Wirkung![8]
Sieht man am Hause doch gleich so deutlich, weß[9] Sinnes der
 Herr sei,
Wie man das Städtchen betretend die Obrigkeiten[10] beurtheilt[11].
Denn wo die Thürme verfallen und Mauern, wo in den Gräben
Unrath sich häufet und Unrath auf allen Gassen herumliegt[12],
Wo der Stein aus der Fuge[13] sich rückt, und nicht wieder gesetzt wird,
Wo der Balken verfault und das Haus vergeblich die neue
Unterstützung[14] erwartet: der Ort ist übel regieret.
Denn wo nicht immer von oben die Ordnung[15] und Reinlichkeit[16] wirket,

---

[1] withdrew from. — [2] had begun. — [3] fulfilment. — [4] improve. — [5] mushroom. — [6] grow up from. — [7] leaving behind. — [8] activity. — [9] weß = welches, of which. — [10] magistrates. — [11] judges of. — [12] lies about. — [13] setting. — [14] support. — [15] order. — [16] cleanliness.

Da gewöhnt sich leicht der Bürger zu schmuzigem¹ Saumsal²,
Wie der Bettler sich auch an lumpige³ Kleider gewöhnet.
Darum hab' ich gewünscht, es solle sich Hermann auf Reisen⁴.
Bald begeben, und sehn zum wenigsten Straßburg und Frankfurt,
Und das freundliche Mannheim, daß gleich und heiter gebaut ist.
Denn wer die Städte gesehn, die großen und reinlichen, ruht nicht,
Künftig die Vaterstadt⁵ selbst, so klein sie auch sei, zu verzieren.⁶
Lobt nicht der Fremde bei uns die ausgebesserten⁷ Thore,
Und den geweißten⁸ Thurm und die wohlerneuerte⁹ Kirche?
Rühmt nicht jeder das Pflaster? die wasserreichen¹⁰, verdeckten¹¹,
Wohlvertheilten¹² Canäle,¹³ die Nutzen und Sicherheit¹⁴ bringen,
Daß dem Feuer sogleich beim ersten Ausbruch¹⁵ gewehrt¹⁶ sei?
Ist das nicht alles geschehn seit jenem schrecklichen Brande?
Bauherr¹⁷ war ich sechsmal¹⁸ im Rath, und habe mir Beifall¹⁹,
Habe mir herzlichen Dank von guten Bürgern verdienet,
Was ich angab²⁰, emsig betrieben, und so auch die Anstalt²¹
Redlicher Männer²² vollführt²³, die sie unvollendet²⁴ verließen.
So kam endlich die Lust in jedes Mitglied²⁵ des Rathes.
Alle bestreben sich jetzt, und schon ist der neue Chausseebau²⁶
Fest beschlossen, der uns mit der großen Straße verbindet.
Aber ich fürchte nur sehr, so wird die Jugend nicht handeln!
Denn die einen, sie denken auf Lust und vergänglichen²⁷ Putz nur;
Andere hocken²⁸ zu Haus und brüten²⁹ hinter dem Ofen³⁰.
Und das fürcht' ich, ein solcher wird Hermann immer mir bleiben.

Und es versetzte sogleich die gute verständige Mutter:
Immer bist du doch, Vater, so ungerecht gegen den Sohn! und

---

¹ dirty. — ² sloth. — ³ ragged. — ⁴ travels. — ⁵ native town. — ⁶ to embellish. — ⁷ repaired. — ⁸ whitewashed. — ⁹ well restored. — ¹⁰ full of water. — ¹¹ covered. — ¹² well distributed. — ¹³ canals. — ¹⁴ safety. — ¹⁵ breaking out. — ¹⁶ stopped. — ¹⁷ superintendent of the public buildings. — ¹⁸ six times. — ¹⁹ approval. — ²⁰ advised. — ²¹ undertaking. — ²² honest. — ²³ completed. — ²⁴ unfinished. — ²⁵ member. — ²⁶ causeway. — ²⁷ transient. — ²⁸ squat. — ²⁹ brood. — ³⁰ stove.

So wird am wenigsten¹ dir ein Wunsch des Guten erfüllet.
Denn wir können die Kinder nach unserm Sinne nicht formen;²
So wie Gott sie uns gab, so muß man sie haben und lieben,
Sie erziehen³ auf's beste und jeglichen lassen gewähren⁴.
Denn der eine hat die, die anderen andere Gaben;
Jeder braucht sie, und jeder ist doch nur auf eigene Weise
Gut und glücklich. Ich lasse mir meinen Hermann nicht schelten;
Denn ich weiß es, er ist der Güter, die er dereinst erbt⁵,
Werth und ein trefflicher Wirth, ein Muster⁶ Bürgern und Bauern,
Und im Rathe gewiß, ich seh' es voraus, nicht der Letzte.
Aber täglich mit Schelten⁷ und Tadeln⁸ hemmst⁹ du dem Armen
Allen Muth in der Brust, so wie du es heute gethan hast.
Und sie verließ die Stube sogleich, und eilte dem Sohn nach,
Daß sie ihn irgendwo¹⁰ fänd'¹¹ und ihn mit gütigen Worten
Wieder erfreute; denn er, der treffliche Sohn, er verdient' es.

Lächelnd sagte darauf, sobald sie hinweg war, der Vater:
Sind doch ein wunderlich Volk die Weiber so wie die Kinder!
Jedes lebet so gern nach seinem eignen Belieben,¹²
Und man sollte hernach¹³ nur immer loben und streicheln¹⁴.
Einmal für allemal¹⁵ gilt¹⁶ das wahre Sprüchlein¹⁷ der Alten:
Wer nicht vorwärts¹⁸ geht, der kommt zurücke! So bleibt es.

Und es versetzte darauf der Apotheker bedächtig:
Gerne geb' ich es zu¹⁹, Herr Nachbar, und sehe mich immer
Selbst nach dem Besseren um²⁰, wofern es nicht theuer, doch neu ist;
Aber hilft²¹ es fürwahr, wenn man nicht die Fülle des Gelds hat,

---

¹ least of all. — ² to form. — ³ to bring up. — ⁴ have his way. — ⁵ inherits. — ⁶ pattern. — ⁷ scolding. — ⁸ blaming. — ⁹ impedest. — ¹⁰ somewhere. — ¹¹ might find. — ¹² liking. — ¹³ afterwards. — ¹⁴ caress. — ¹⁵ ever. ¹⁶ holds good. — ¹⁷ little saying. — ¹⁸ forwards. — ¹⁹ zugeben, to admit. — ²⁰ sich umsehen, to look about. — ²¹ avails.

Thätig und rührig[1] zu sein und innen und außen[2] zu bessern?
Nur zu sehr ist der Bürger beschränkt; das Gute vermag er
Nicht zu erlangen,[3] wenn er es kennt; zu schwach ist sein Beutel,
Das Bedürfniß zu groß; so wird er immer gehindert.
Manches hätt' ich gethan; allein wer scheut nicht die Kosten
Solcher Veränd'rung[4], besonders in diesen gefährlichen Zeiten!
Lange lachte[5] mir schon mein Haus im modischen[6] Kleidchen[7],
Lange glänzten durchaus[8] mit großen Scheiben die Fenster;
Aber wer thut dem Kaufmann es nach[9], der bei seinem Vermögen
Auch die Wege noch kennt, auf welchen das Beste zu haben?
Seht nur das Haus an da drüben, das neue! Wie prächtig in grünen
Feldern die Stukatur[10] der weißen Schnörkel[11] sich ausnimmt![12]
Groß sind die Tafeln[13] der Fenster; wie glänzen und spiegeln die
Scheiben,
Daß verdunkelt[14] stehen die übrigen Häuser des Marktes!
Und doch waren die unsern gleich nach dem Brande die schönsten,
Die Apotheke[15] zum Engel, so wie der goldene Löwe.
So war mein Garten auch in der ganzen Gegend berühmt, und
Jeder Reisende stand und sah durch die rothen Stacketen[16]
Nach den Bettlern von Stein, und nach den farbigen Zwergen[17].
Wem ich den Kaffee[18] dann gar in dem herrlichen Grottenwerk[19]
reichte,
Das nun freilich verstaubt[20] und halb verfallen mir dasteht,
Der erfreute sich hoch des farbig schimmernden[21] Lichtes
Schön geordneter Muscheln[22] und mit geblendetem[23] Auge
Schaute der Kenner[24] selbst den Bleiglanz[25] und die Korallen[26].

---

[1] active. — [2] outside. — [3] to obtain. — [4] change. — [5] would have smiled. — [6] fashionable. — [7] little coat. — [8] all over. — [9] nachthun, to do like another one. — [10] stucco-work. — [11] scrolls. — [12] sich ausnimmt, looks. — [13] panes. — [14] thrown in the shade. — [15] chemist's shop. — [16] railings. — [17] dwarfs. — [18] coffee. — [19] grotto-work. — [20] covered with dust. — [21] gleaming. — [22] shells. — [23] dazzled. — [24] connoisseur. — [25] potter's ore. — [26] corals.

Eben so ward in dem Saale¹ die Malerei² auch bewundert³,
Wo die geputzten Herren und Damen⁴ im Garten spazieren
Und mit spitzigen⁵ Fingern die Blumen reichen und halten.
Ja, wer sähe⁶ das jetzt nur noch an! Ich gehe verdrießlich
Kaum mehr hinaus; denn alles soll anders sein und geschmackvoll⁷,
Wie sie's heißen, und weiß die Latten⁸ und hölzernen Bänke,
Alles ist einfach⁹ und glatt¹⁰; nicht Schnitzwerk¹¹ oder Vergoldung¹²
Will man mehr, und es kostet das fremde Holz¹³ nun am meisten.
Nun, ich wär' es zufrieden, mir auch was Neues zu schaffen,
Auch zu gehn mit der Zeit und oft zu verändern den Hausrath¹⁴;
Aber es fürchtet sich jeder, auch nur zu rücken das Kleinste.
Denn wer vermöchte¹⁵ wohl jetzt die Arbeitsleute¹⁶ zu zahlen?¹⁷
Neulich kam mir's in Sinn, den Engel Michael wieder,
Der mir die Officin¹⁸ bezeichnet¹⁹, vergolden zu lassen,
Und den gräulichen²⁰ Drachen²¹, der ihm zu Füßen sich windet²²;
Aber ich ließ ihn verbräunt²³, wie er ist; mich schreckte²⁴ die Fordrung.²⁵

---

¹ saloon. — ² painting. — ³ admired. — ⁴ ladies. — ⁵ pointed. — ⁶ sähe
.... an, would look at. — ⁷ tasteful. — ⁸ laths, railings. — ⁹ simple. —
¹⁰ plain. — ¹¹ carving. — ¹² gilding. — ¹³ wood. — ¹⁴ furniture. — ¹⁵ could
afford. — ¹⁶ workpeople. — ¹⁷ to pay. — ¹⁸ dispensary. — ¹⁹ is the sign of.
²⁰ horrible. — ²¹ dragon. — ²² sich windet, writhes. — ²³ tarnished. — ²⁴ frightened. — ²⁵ demand.

Euterpe.

Mutter und Sohn.

Also sprachen die Männer, sich unterhaltend[1]. Die Mutter
Ging indessen, den Sohn erst vor dem Hause zu suchen,
Auf der steinernen Bank, wo sein gewöhnlicher Sitz war.
Als sie daselbst ihn nicht fand, so ging sie, im Stalle zu schauen,
Ob er die herrlichen Pferde, die Hengste, selber besorgte,
Die er als Fohlen[2] gekauft und die er niemand vertraute.
Und es sagte der Knecht: Er ist in den Garten gegangen.
Da durchschritt[3] sie behende die langen doppelten Höfe,
Ließ die Ställe zurück und die wohlgezimmerten[4] Scheunen,
Trat in den Garten, der weit bis an die Mauern des Städtchens
Reichte, schritt ihn hindurch, und freute sich jegliches Wachsthums[5],
Stellte die Stützen zurecht[6], auf denen beladen[7] die Aeste[8]
Ruhten des Apfelbaums, wie des Birnbaums lastende[9] Zweige[10],
Nahm gleich einige Raupen[11] vom kräftig[12] strotzenden[13] Kohl[14] weg;
Denn ein geschäftiges Weib thut keine Schritte vergebens.
Also war sie an's Ende des langen Gartens gekommen,
Bis zur Laube, mit Geißblatt[15] bedeckt; nicht fand sie den Sohn da,
Eben so wenig als sie bis jetzt ihn im Garten erblickte.
Aber nur angelehnt[16] war das Pförtchen[17], das aus der Laube,
Aus besonderer Gunst[18], durch die Mauer des Städtchens gebrochen[19]

---

[1] sich unterhaltend, conversing. — [2] colts. — [3] walked through. — [4] well-built (of timber). — [5] growth. — [6] aright. — [7] loaded. — [8] branches. — [9] weighty. — [10] boughs. — [11] caterpillars. — [12] vigorously. — [13] luxuriant [14] cabbage. — [15] honeysuckle. — [16] put to (not locked.) — [17] wicket. — [18] favor. — [19] broken.

Hatte der Ahnherr¹ einst, der würdige Burgemeister².
Und so ging sie bequem³ den trockenen Graben hinüber,
Wo an der Straße sogleich der wohlumzäunete⁴ Weinberg
Aufstieg⁵ steileren⁶ Pfads, die Fläche zur Sonne gekehret.
Auch den schritt sie hinauf und freute der Fülle der Trauben
Sich im Steigen⁷, die kaum sich unter den Blättern⁸ verbargen⁹.
Schattig¹⁰ war und bedeckt der hohe und mittlere¹¹ Laubgang,
Den man auf Stufen erstieg¹² von unbehauenen Platten.
Und es hingen¹³ herein Gutedel¹⁴ und Muscateller¹⁵,
Röthlich¹⁶ blaue daneben¹⁷ von ganz besonderer Größe,
Alle mit Fleiß gepflanzt, der Gäste¹⁸ Nachtisch¹⁹ zu zieren.
Aber den übrigen Berg bedeckten einzelne Stöcke²⁰,
Kleinere Trauben tragend, von denen der köstliche Wein kommt.
Also schritt sie hinauf, sich schon des Herbstes²¹ erfreuend
Und des festlichen Tags, an dem die Gegend im Jubel²²
Trauben lieset²³ und tritt²⁴, und den Most²⁵ in die Fässer versammelt,
Feuerwerke²⁶ des Abends von allen Orten und Enden
Leuchten²⁷ und knallen²⁸, und so der Ernten schönste geehrt wird.
Doch unruhiger ging sie, nachdem²⁹ sie dem Sohne gerufen
Zwei=, auch dreimal³⁰, und nur das Echo vielfach zurückkam,
Das von den Thürmen der Stadt, ein sehr geschwätziges³¹, herklang³².
Ihn zu suchen war ihr so fremd; er entfernte³³ sich niemals
Weit, er sagt' es ihr denn³⁴, um zu verhüten³⁵ die Sorge
Seiner liebenden Mutter und ihre Furcht vor dem Unfall.

---

¹ ancestor. — ² burgomaster. - - ³ easily. — ⁴ well fenced-in. — ⁵ rose up. — ⁶ (with a) steeper. — ⁷ ascending. — ⁸ leaves. — ⁹ concealed. — ¹⁰ shady. — ¹¹ middle. — ¹² ascended. — ¹³ hung. — ¹⁴ chasselas grapes. ¹⁵ muscadel. — ¹⁶ reddish. — ¹⁷ by the side of them. — ¹⁸ guests. — ¹⁹ dessert. ²⁰ vines. — ²¹ autumn. — ²² loud joy. — ²³ gathers. — ²⁴ treads. — ²⁵ must. — ²⁶ fireworks. — ²⁷ shine. — ²⁸ crack. — ²⁹ after. — ³⁰ zwei = auch dreimal, twice or three times. — ³¹ garrulous. — ³² sounded over here. — ³³ went away. — ³⁴ er sagt' es ihr denn, unless he told her of it. — ³⁵ to prevent.

Aber sie hoffte noch stets, ihn doch auf dem Wege zu finden;
Denn die Thüren, die untre¹ so wie die obre², des Weinbergs
Standen gleichfalls³ offen. Und so nun trat sie in's Feld ein,
Das mit weiter Fläche den Rücken des Hügels bedeckte.
Immer noch wandelte sie auf eigenem Boden, und freute
Sich der eignen Saat und des herrlich nickenden Kornes,
Das mit goldener Kraft sich im ganzen Felde bewegte.
Zwischen den Aeckern schritt sie hindurch, auf dem Raine⁴, den Fußpfad⁵,
Hatte den Birnbaum im Auge, den großen, der auf dem Hügel
Stand, die Gränze der Felder, die ihrem Hause gehörten.
Wer ihn gepflanzt, man konnt' es nicht wissen. Er war in der Gegend
Weit und breit gesehn, und berühmt die Früchte des Baumes.
Unter ihm pflegten die Schnitter⁶ des Mahls sich zu freuen am Mittag,
Und die Hirten⁷ des Viehs in seinem Schatten zu warten;
Bänke fanden sie da von rohen Steinen und Rasen.
Und sie irrete nicht; dort saß ihr Hermann und ruhte,
Saß mit dem Arm gestützt und schien in die Gegend zu schauen
Jenseits⁸, nach dem Gebirg⁹, er kehrte der Mutter den Rücken.
Sachte schlich¹⁰ sie hinan, und rührt' ihm leise die Schulter.
Und er wandte sich schnell; da sah sie ihm Thränen im Auge.

Mutter, sagt' er betroffen, Ihr überrascht mich! Und eilig
Trocknet' er ab die Thräne, der Jüngling edlen Gefühles.
Wie? du weinest, mein Sohn? versetzte die Mutter betroffen.
Daran kenn' ich dich nicht! ich habe das niemals erfahren!
Sag', was beklemmt dir das Herz? was treibt dich, einsam zu sitzen
Unter dem Birnbaum hier? was bringt dir Thränen in's Auge?

Und es nahm sich zusammen der treffliche Jüngling, und sagte:
Wahrlich, dem ist kein Herz im ehernen¹¹ Busen, der jetzo

---

¹ lower. — ² upper. — ³ likewise. — ⁴ border. — ⁵ foot-path. — ⁶ reapers. — ⁷ herdsmen. — ⁸ to the other side. — ⁹ mountains. — ¹⁰ crept. — ¹¹ iron.

Nicht die Noth der Menschen, der umgetriebnen, empfindet;
Dem ist kein Sinn in dem Haupte, der nicht um sein eigenes Wohl sich
Und um des Vaterlands Wohl in diesen Tagen bekümmert¹.
Was ich heute gesehn und gehört, das rührte das Herz mir;
Und nun ging ich heraus, und sah die herrliche, weite
Landschaft², die sich vor uns in fruchtbaren Hügeln umher schlingt³;
Sah die goldene Frucht den Garben⁴ entgegen sich neigen,
Und ein reichliches Obst uns volle Kammern versprechen.
Aber ach! wie nah ist der Feind! Die Fluthen des Rheines
Schützen uns zwar; doch ach! was sind nun Fluthen und Berge
Jenem schrecklichen Volke, das wie ein Gewitter daherzieht⁵!
Denn sie rufen zusammen aus allen Enden die Jugend,
Wie das Alter, und dringen gewaltig vor, und die Menge
Scheut den Tod nicht; es dringt gleich nach der Menge die Menge.
Ach! und ein Deutscher wagt in seinem Hause zu bleiben?
Hofft vielleicht zu entgehen⁶ dem alles bedrohenden Unfall?
Liebe Mutter, ich sag' Euch, am heutigen⁷ Tage verdrießt⁸ mich,
Daß man mich neulich entschuldigt⁹, als man die Streitenden¹⁰
auslas¹¹
Aus den Bürgern. Fürwahr! Ich bin der einige Sohn nur,
Und die Wirthschaft ist groß, und wichtig unser Gewerbe;
Aber wär' ich nicht besser, zu widerstehen da vorne¹²
An der Gränze, als hier zu erwarten Elend und Knechtschaft?¹³
Ja, mir hat es der Geist gesagt, und im innersten¹⁴ Busen
Regt sich Muth und Begier; dem Vaterlande zu leben,
Und zu sterben¹⁵, und andern ein würdiges Beispiel zu geben.
Wahrlich, wäre die Kraft der deutschen Jugend beisammen,
An der Gränze, verbündet¹⁶, nicht nachzugeben¹⁷ den Fremden;

---

¹ troubles. — ² country. — ³ twines. — ⁴ sheaves. — ⁵ moves along. —
⁶ to escape. — ⁷ of to-day, i. e. this. — ⁸ it vexes. — ⁹ (have) excused. —
¹⁰ combatants. — ¹¹ selected. — ¹² in front. — ¹³ bondage. — ¹⁴ innermost.
¹⁵ to die. — ¹⁶ united. - ¹⁷ to yield.

O, sie sollten uns nicht den herrlichen Boden betreten,
Und vor unsern Augen die Früchte des Landes verzehren,
Nicht den Männern gebieten und rauben Weiber und Mädchen!
Sehet, Mutter, mir ist im tiefsten Herzen beschlossen,
Bald zu thun und gleich, was recht mir däucht und verständig;
Denn wer lange bedenkt, der wählt nicht immer das Beste.
Sehet, ich werde nicht wieder nach Hause kehren! von hier aus
Geh' ich gerad' in die Stadt, und übergebe den Kriegern [1]
Diesen Arm und dies Herz, dem Vaterlande zu dienen.
Sage der Vater Vater alsdann, ob nicht der Ehre Gefühl mir
Auch den Busen belebt, und ob ich nicht höher hinauf will!

Da versetzte bedeutend die gute verständige Mutter,
Stille Thränen vergießend [2], sie kamen ihr leichtlich in's Auge:
Sohn, was hat sich in dir verändert und deinem Gemüthe,
Daß du zu deiner Mutter nicht redest, wie gestern und immer,
Offen und frei, und sagst, was deinen Wünschen gemäß ist?
Hörte jetzt ein dritter [3] dich reden, er würde fürwahr dich
Höchlich loben und deinen Entschluß als den edelsten preisen,
Durch dein Wort verführt [4] und deine bedeutenden Reden.
Doch ich table dich nur; denn sieh', ich kenne dich besser:
Du verbirgst [5] dein Herz, und hast ganz andre Gedanken.
Denn ich weiß es, dich ruft nicht die Trommel [6], nicht die Trompete,
Nicht begehrst du zu scheinen in der Montur [7] vor den Mädchen;
Denn es ist deine Bestimmung, so wacker und brav du auch sonst bist,
Wohl zu verwahren das Haus und stille das Feld zu besorgen,
Darum sage mir frei: was bringt dich zu dieser Entschließung?

Ernsthaft [8] sagte der Sohn: Ihr irret, Mutter. Ein Tag ist
Nicht dem anderen gleich. Der Jüngling reifet zum Manne;

---

[1] warriors. — [2] shedding. — [3] a third person. — [4] misled. — [5] concealest. — [6] drum. — [7] uniform. — [8] earnestly.

Beſſer im Stillen reift er zur That oft, als im Geräuſche
Wilden ſchwankenden Lebens, das manchen Jüngling verderbt hat.
Und ſo ſtill ich auch bin und war, ſo hat in der Bruſt mir
Doch ſich gebildet ein Herz, das Unrecht haſſet[1] und Unbill[2],
Und ich verſtehe recht gut die weltlichen Dinge zu ſondern[3];
Auch hat die Arbeit den Arm und die Füße mächtig geſtärket.
Alles, fühl' ich, iſt wahr; ich darf es kühnlich[4] behaupten.
Und doch tadelt Ihr mich mit Recht, o Mutter, und habt mich
Auf halbwahren[5] Worten ertappt[6] und halber Verſtellung.
Denn, geſteh' ich es nur, nicht ruft die nahe Gefahr mich
Aus dem Hauſe des Vaters, und nicht der hohe Gedanke,
Meinem Vaterland hülfreich zu ſein und ſchrecklich den Feinden.
Worte waren es nur, die ich ſprach: ſie ſollten vor Euch nur
Meine Gefühle verſtecken[7], die mir das Herz zerreißen[8].
Und ſo laß mich, o Mutter! Denn da ich vergebliche Wünſche
Hege im Buſen, ſo mag auch mein Leben vergeblich dahin gehn.
Denn ich weiß es recht wohl: der Einzelne ſchadet ſich ſelber,
Der ſich hingiebt[9], wenn ſich nicht alle zum Ganzen beſtreben.

Fahre nur fort, ſo ſagte darauf die verſtändige Mutter,
Alles mir zu erzählen, das Größte wie das Geringſte:
Denn die Männer ſind heftig, und denken nur immer das Letzte,
Und die Hinderniß[10] treibt die Heftigen leicht von dem Wege;
Aber ein Weib iſt geſchickt, auf Mittel[11] zu denken, und wandelt
Auch den Umweg[12], geſchickt zu ihrem Zweck[13] zu gelangen.
Sage mir alles daher, warum du ſo heftig bewegt biſt,
Wie ich dich niemals geſehn, und das Blut dir wallt[14] in den Adern[15],
Wider Willen[16] die Thräne dem Auge ſich dringt zu entſtürzen.

Da überließ[17] ſich dem Schmerze der gute Jüngling und weinte,

---

[1] hates. — [2] injustice. — [3] to distinguish. — [4] boldly. — [5] half-true. —
[6] caught. — [7] to hide. — [8] tear. — [9] sacrifices. — [10] hindrance. — [11] means.
[12] circuitous route. — [13] aim. — [14] boils. — [15] veins. [16] wider Willen,
against thy will. — [17] gave up.

Weinte laut an der Brust seiner Mutter und sprach so erweichet[1]:
Wahrlich! des Vaters Wort hat heute mich kränkend getroffen,
Das ich niemals verdient, nicht heut und keinen der Tage.
Denn die Eltern zu ehren, war früh mein Liebstes, und niemand
Schien mir klüger zu sein und weiser, als die mich erzeugten,
Und mit Ernst[2] mir in dunkeler Zeit der Kindheit[3] geboten.
Vieles hab' ich fürwahr von meinen Gespielen geduldet,
Wenn sie mit Tücke[4] mir oft den guten Willen vergalten[5],
Oftmals hab' ich an ihnen nicht Wurf[6] noch Streiche gerochen[7].
Aber spotteten sie mir den Vater aus[8], wenn er Sonntags
Aus der Kirche kam mit würdig bedächtigem Schritte,
Lachten sie über das Band der Mütze, die Blumen des Schlafrocks,
Den er so stattlich trug und der erst heute verschenkt ward:
Fürchterlich ballte[9] sich gleich die Faust[10] mir; mit grimmigem Wüthen
Fiel ich sie an[11] und schlug[12] und traf, mit blindem[13] Beginnen,
Ohne zu sehen wohin; sie heulten mit blutigen[14] Nasen[15],
Und entrissen sich kaum den wüthenden Tritten[16] und Schlägen.[17]
Und so wuchs ich heran, um viel vom Vater zu dulden,
Der statt anderer mich gar oft mit Worten herum[18] nahm,
Wenn bei Rath ihm Verdruß in der letzten Sitzung[19] erregt[20] ward;
Und ich büßte[21] den Streit und die Ränke seiner Collegen[22].
Oftmals habt Ihr mich selbst bedauert[23]; denn vieles ertrug[24] ich,
Stets in Gedanken der Eltern von Herzen zu ehrende[25] Wohlthat,
Die nur sinnen[26] für uns zu mehren die Hab' und die Güter,
Und sich selber manches entziehn[27], um zu sparen den Kindern.
Aber, ach! nicht das Sparen allein, um spät zu genießen,

---

[1] softened. — [2] earnestness. — [3] childhood. — [4] malice. — [5] repaid. — [6] throw. — [7] revenged. — [8] spotteten ... aus, laughed at. — [9] clenched. — [10] fist. [11] fiel an, attacked. — [12] struck. — [13] blind. — [14] bleeding. — [15] noses. — [16] kicks. — [17] blows. — [18] herum ... nahm, overhauled. — [19] sitting. — [20] excited. — [21] suffered for. — [22] colleagues. — [23] pitied. — [24] bore. — [25] always (having) in (my) thoughts my parents' kindness (which ought) to be venerated from (my) heart. — [26] think. — [27] sich ... entziehn, deprive themselves of.

Macht das Glück, es macht nicht das Glück der Hause beim Haufen,
Nicht der Acker beim Acker, so schön sich die Güter auch schließen¹,
Denn der Vater wird alt, und mit ihm altern² die Söhne,
Ohne die Freude des Tags, und mit der Sorge für morgen.
Sagt mir, und schauet hinab, wie herrlich liegen die schönen,
Reichen Gebreite³ nicht da, und unten⁴ Weinberg und Gärten,
Dort die Scheunen und Ställe, die schöne Reihe⁵ der Güter;
Aber seh' ich dann dort das Hinterhaus⁶, wo an dem Giebel
Sich das Fenster uns zeigt von meinem Stübchen⁷ im Dache;
Denk'⁸ ich die Zeiten zurück, wie manche Nacht ich den Mond schon
Dort erwartet und schon so manchen Morgen die Sonne,
Wenn der gesunde Schlaf mir nur wenige Stunden genügte⁹:
Ach! da kommt mir so einsam vor, wie die Kammer, der Hof und
Garten, das herrliche Feld, das über die Hügel sich hinstreckt¹⁰;
Alles liegt so öde¹¹ vor mir: ich entbehre der Gattin.

Da antwortete drauf die gute Mutter verständig:
Sohn, mehr wünschest du nicht die Braut in die Kammer zu führen,
Daß dir werde die Nacht zur schönen Hälfte des Lebens,
Und die Arbeit des Tags dir freier und eigener werde,
Als der Vater es wünscht und die Mutter. Wir haben dir immer
Zugeredet¹², ja dich getrieben, ein Mädchen zu wählen.
Aber mir ist es bekannt, und jetzo sagt es das Herz mir:
Wenn die Stunde nicht kommt, die rechte, wenn nicht das rechte
Mädchen zur Stunde sich zeigt, so bleibt das Wählen im Weiten¹³,
Und es wirket die Furcht, die falsche zu greifen¹⁴, am meisten.
Soll ich dir sagen, mein Sohn, so hast du, ich glaube, gewählet;
Denn dein Herz ist getroffen und mehr als gewöhnlich empfindlich.

¹ join. — ² grow old. — ³ broad acres. — ⁴ below. — ⁵ string. —
⁶ back-building. — ⁷ little room. — ⁸ denk' ich zurück, if I recall. — ⁹ sufficed.
¹⁰ stretches. — ¹¹ lonely. — ¹² encouraged. — ¹³ im Weiten, for off. — ¹⁴ to get hold of.

Sag' es gerad nur heraus, denn mir schon sagt es die Seele:
Jenes Mädchen ist's, das vertriebene, die du gewählt hast.

Liebe Mutter, Ihr sagt's! versetzte lebhaft der Sohn drauf.
Ja, sie ist's und führ' ich sie nicht als Braut mir nach Hause
Heute noch, zieht sie fort, verschwindet[1] vielleicht mir auf immer
In der Verwirrung des Kriegs und im traurigen Hin- und Herziehn[2]:
Mutter, ewig umsonst gedeiht[3] mir die reiche Besitzung
Dann vor Augen; umsonst sind künftige Jahre mir fruchtbar.
Ja, das gewohnte Haus und der Garten ist mir zuwider[4];
Ach! und die Liebe der Mutter, sie selbst nicht tröstet den Armen.
Denn es löset die Liebe, das fühl' ich, jegliche Bande,
Wenn sie die ihrigen knüpft; und nicht das Mädchen allein läßt
Vater und Mutter zurück, wenn sie dem erwähleten Mann folgt;
Auch der Jüngling, er weiß nichts mehr von Mutter und Vater,
Wenn er das Mädchen sieht, das einziggeliebte[5], davon ziehn.
Darum lasset mich gehn, wohin die Verzweiflung mich antreibt[6].
Denn mein Vater, er hat die entscheidenden Worte gesprochen,
Und sein Haus ist nicht mehr das meine, wenn er das Mädchen
Ausschließt[7], das ich allein nach Haus zu führen begehre.

Da versetzte behend die gute verständige Mutter:
Stehen wie Felsen doch zwei Männer gegen einander!
Unbewegt[8] und stolz will keiner dem andern sich nähern,
Keiner zum guten Worte, dem ersten, die Zunge bewegen.
Darum sag' ich dir, Sohn: noch lebt die Hoffnung in meinem
Herzen, daß er sie dir, wenn sie gut und brav ist, verlobe,
Obgleich[9] arm, so entschieden er auch die Arme versagt hat.
Denn er redet gar manches in seiner heftigen Art aus,
Das er doch nicht vollbringt[10]; so giebt[11] er auch zu das Versagte.

---

[1] disappears. — [2] Hin- und Herziehn, wandering to and fro. — [3] thrives. [4] loathsome. — [5] only beloved one. — [6] impels. — [7] shuts out. — [8] unmoved. — [9] although. — [10] carries out. — [11] giebt zu, allows.

Aber ein gutes Wort verlangt er, und kann es verlangen:
Denn er ist Vater! Auch wissen wir wohl, sein Zorn[1] ist nach Tische,
Wo er heftiger spricht und anderer Gründe bezweifelt[2],
Nie bedeutend; es reget der Wein dann jegliche Kraft auf
Seines heftigen Wollens[3], und läßt ihn die Worte der andern
Nicht vernehmen, er hört und fühlt alleine sich selber.
Aber es kommt der Abend heran, und die vielen Gespräche
Sind nun zwischen ihm und seinen Freunden gewechselt:
Milder ist er fürwahr, ich weiß, wenn das Räuschchen[4] vorbei ist,
Und er das Unrecht fühlt, das er anderen lebhaft erzeigte.
Komm'! wir wagen es gleich; das Frischgewagte[5] geräth[6] nur,
Und wir bedürfen der Freunde, die jetzo bei ihm noch versammelt
Sitzen; besonders wird uns der würdige Geistliche helfen.

Also sprach sie behende, und zog, vom Steine sich hebend,
Auch vom Sitze den Sohn, den willig folgenden. Beide
Kamen schweigend herunter, den wichtigen Vorsatz[7] bedenkend.

---

[1] anger. — [2] doubts, disputes. — [3] will. — [4] fumes of wine. — [5] what is boldly ventured on. — [6] succeeds. — [7] intention.

Polyhymnia.

Der Weltbürger.[1]

Aber es saßen die Drei noch immer sprechend zusammen,
Mit dem geistlichen Herrn der Apotheker beim Wirthe,
Und es war das Gespräch noch immer ebendasselbe[2].
Das viel hin und her[3] nach allen Seiten geführt ward.
Aber der treffliche Pfarrer versetzte, würdig gesinnt, drauf:
Widersprechen[4] will ich Euch nicht. Ich weiß es, der Mensch soll
Immer streben zum Bessern; und, wie wir sehen, er strebt auch
Immer dem Höheren nach, zum wenigsten sucht er das Neue.
Aber geht nicht zu weit! Denn neben diesen Gefühlen
Gab die Natur uns auch die Lust, zu verharren[5] im Alten,
Und sich dessen zu freu'n, was jeder lange gewohnt ist.
Aller Zustand[6] ist gut, der natürlich[7] ist und vernünftig,
Vieles wünscht sich der Mensch, und doch bedarf er nur wenig;
Denn die Tage sind kurz, und beschränkt der Sterblichen Schicksal,
Niemals tadl' ich den Mann, der immer, thätig und rastlos
Umgetrieben, das Meer[8] und alle Straßen der Erde
Kühn und emsig befährt[9] und sich des Gewinnes[10] erfreuet,
Welcher sich reichlich um ihn und um die Seinen herum häuft;
Aber jener ist auch mir werth, der ruhige Bürger,
Der sein väterlich Erbe[11] mit stillen Schritten umgehet[12],
Und die Erde besorgt, sowie es die Stunden gebieten.

[1] citizen of the world. — [2] quite the same — [3] hin und her, to and fro.
[4] to contradict. — [5] to abide. — [6] condition. — [7] natural. — [8] sea — [9] travels over. — [10] gain. — [11] inheritance — [12] walks around.

Nicht verändert sich ihm in jedem Jahre der Boden,
Nicht streckt eilig der Baum, der neugepflanzte¹, die Arme
Gegen den Himmel aus, mit reichlichen Blüthen² gezieret.
Nein, der Mann bedarf der Geduld³; er bedarf auch des reinen,
Immer gleichen, ruhigen Sinns und des graden Verstandes.
Denn nur wenige Samen⁴ vertraut er der nährenden Erde,
Wenige Thiere nur versteht er, mehrend, zu ziehen;
Denn das Nützliche bleibt allein sein ganzer Gedanke,
Glücklich, wem die Natur ein so gestimmtes⁵ Gemüth gab!
Er ernähret uns alle. Und Heil dem Bürger des kleinen
Städtchens, welcher ländlich,⁶ Gewerb mit Bürgergewerb⁷ paart⁸!
Auf ihm liegt nicht der Druck, der ängstlich den Landmann beschränket;
Ihn verwirrt nicht die Sorge der vielbegehrenden⁹ Städter,
Die dem Reicheren stets und dem Höheren, wenig vermögend,
Nachzustreben¹⁰ gewohnt sind, besonders die Weiber und Mädchen.
Segnet immer darum des Sohnes ruhig Bemühen¹¹,
Und die Gattin, die einst er, die gleichgesinnte¹², sich wählet.

Also sprach er. Es trat die Mutter zugleich mit dem Sohn ein,
Führend ihn bei der Hand, und vor den Gatten¹³ ihn stellend.
Vater, sprach sie, wie oft gedachten wir, unter einander
Schwatzend, des fröhlichen Tags, der kommen würde, wenn künftig
Hermann, seine Braut sich erwählend, uns endlich erfreute!
Hin und wieder¹⁴ dachten wir da; bald dieses, bald jenes
Mädchen bestimmten wir ihm mit elterlichem¹⁵ Geschwätze¹⁶.
Nun ist er kommen¹⁷, der Tag; nun hat die Braut ihm der Himmel
Hergeführt¹⁸ und gezeigt, es hat sein Herz nun entschieden.
Sagten wir damals nicht immer: er solle selber sich wählen?

---

¹ newly planted. — ² blossoms. — ³ patience. — ⁴ seeds. — ⁵ disposed.
⁶ rural. — ⁷ citizen's trade. — ⁸ combines — ⁹ requiring many things. —
¹⁰ to emulate. — ¹¹ endeavour. — ¹² equally disposed. — ¹³ husband. —
¹⁴ hin und wieder, now and then. — ¹⁵ parental. — ¹⁶ talk. — ¹⁷ i. e. gekommen, come. — ¹⁸ led here.

Wünschtest du nicht noch vorhin¹, er möchte heiter und lebhaft
Für ein Mädchen empfinden? Nun ist die Stunde gekommen!
Ja, er hat gefühlt und gewählt, und ist männlich entschieden.
Jenes Mädchen ist's, die Fremde, die ihm begegnet.
Gieb² sie ihm; oder er bleibt, so schwur er, im ledigen³ Stande.

Und es sagte der Sohn: Die gebt mir, Vater! Mein Herz hat
Rein und sicher gewählt; Euch ist sie die würdigste Tochter.

Aber der Vater schwieg. Da stand der Geistliche schnell auf,
Nahm das Wort, und sprach: Der Augenblick nur entscheidet
Ueber das Leben des Menschen und über sein ganzes Geschicke;
Denn nach langer Berathung⁴ ist doch ein jeder Entschluß nur
Werk⁵ des Moments,⁶ es ergreift doch nur der Verständ'ge das Rechte.
Immer gefährlicher ist's, beim Wählen dieses und jenes
Nebenher zu bedenken, und so das Gefühl zu verwirren.
Rein ist Hermann; ich kenn' ihn von Jugend auf; und er streckte,
Schon als Knabe die Hände nicht aus nach diesem und jenem:
Was er begehrte, das war ihm gemäß: so hielt er es fest auch.
Seid nicht scheu und verwundert, daß nun auf einmal erscheinet,
Was ihr so lange gewünscht. Es hat die Erscheinung⁷ fürwahr nicht
Jetzt die Gestalt des Wunsches, so wie Ihr ihn etwa geheget:
Denn die Wünsche verhüllen uns selbst das Gewünschte; die Gaben
Kommen von oben herab, in ihren eignen Gestalten.
Nun verkennet es nicht, das Mädchen, das Eurem geliebten,
Guten, verständigen Sohn zuerst die Seele bewegt hat.
Glücklich ist der, dem sogleich die erste Geliebte die Hand reicht,
Dem der lieblichste Wunsch nicht heimlich im Herzen verschmachtet⁸!
Ja, ich seh es ihm an, es ist sein Schicksal entschieden.
Wahre Neigung vollendet sogleich zum Manne den Jüngling.
Nicht beweglich ist er; ich fürchte, versagt Ihr ihm dieses,
Gehen die Jahre dahin, die schönsten, in traurigem Leben.

---

¹ a short time ago. — ² give. — ³ unmarried. — ⁴ taking counsel. —
⁵ work. — ⁶ moment. — ⁷ appearance. — ⁸ pines away.

Da versetzte sogleich der Apotheker bedächtig,
Dem schon lange das Wort von der Lippe zu springen¹ bereit war:
Laßt uns auch dießmal doch nur die Mittelstraße² betreten!
Eile mit Weile³! das war selbst Kaiser⁴ Augustus' Devise⁵.
Gerne schick' ich mich an⁶, den lieben Nachbarn zu dienen,
Meinen geringen Verstand zu ihrem Nutzen zu brauchen:
Und besonders bedarf die Jugend, daß man sie leite.
Laßt mich also hinaus: ich will es prüfen, das Mädchen,
Will die Gemeinde⁷ befragen, in der sie lebt und bekannt ist.
Niemand betrügt⁸ mich so leicht, ich weiß die Worte zu schätzen.

Da versetzte sogleich der Sohn mit geflügelten⁹ Worten:
Thut es, Nachbar, und geht und erkundigt¹⁰ Euch. Aber ich wünsche
Daß der Herr Pfarrer sich auch in Eurer Gesellschaft befinde;
Zwei so treffliche Männer sind unverwerfliche¹¹ Zeugen¹².
O, mein Vater, sie ist nicht hergelaufen¹³, das Mädchen,
Keine, die durch das Land auf Abenteuer¹⁴ umherschweift,
Und den Jüngling bestrickt¹⁵, den unerfahrnen¹⁶, mit Ränken.
Nein, das wilde Geschick des allverderblichen¹⁷ Krieges,
Das die Welt zerstört und manches feste Gebäude
Schon aus dem Grunde gehoben¹⁸, hat auch die Arme vertrieben.
Streifen nicht¹⁹ herrliche Männer von hoher Geburt²⁰ nun im Elend?
Fürsten fliehen vermummt²¹, und Könige leben verbannet.
Ach, so ist auch sie, von ihren Schwestern die beste,
Aus dem Lande getrieben; ihr eigenes Unglück vergessend,
Steht sie anderen bei²², ist ohne Hülfe noch hülfreich.
Groß sind Jammer und Noth, die über die Erde sich breiten;

---

¹ to jump. — ² middle path. — ³ Eile mit Weile, (festina lente) hasten leisurely. — ⁴ emperor. — ⁵ motto. — ⁶ sich anschicken, to prepare one's self. ⁷ community. — ⁸ deceives. — ⁹ winged. — ¹⁰ erkundigt Euch, enquire. — ¹¹ unobjectionable. — ¹² witnesses. — ¹³ strayed here. — ¹⁴ adventures. — ¹⁵ ensnares. — ¹⁶ inexperienced. — ¹⁷ destroying all. — ¹⁸ (has) lifted. — ¹⁹ do not... roam. — ²⁰ birth. — ²¹ disguised. — ²² steht bei, assists. —

Sollte nicht auch ein Glück aus diesem Unglück hervorgehn¹,
Und ich, im Arme der Braut, der zuverlässigen² Gattin,
Mich nicht erfreuen des Kriegs, so wie Ihr des Brandes Euch freutet!

Da versetzte der Vater, und that bedeutend den Mund auf³:
Wie ist, o Sohn, dir die Zunge gelöst, die schon dir im Munde
Lange Jahre gestockt, und nur sich dürftig bewegte!
Muß ich doch heut erfahren, was jedem Vater gedroht ist:
Daß den Willen des Sohnes, den heftigen, gerne die Mutter
Allzugelind⁴ begünstigt und jeder Nachbar Partei⁵ nimmt,
Wenn es über den Vater nur hergeht⁶ oder den Ehmann⁷.
Aber ich will Euch zusammen nicht widerstehen; was hülf' es?
Denn ich sehe doch schon hier Trotz⁸ und Thränen im voraus.
Gehet und prüfet, und bringt in Gottes Namen die Tochter
Mir in's Haus, wo nicht, so mag er das Mädchen vergessen.

Also der Vater. Es rief der Sohn mit froher Gebärde⁹:
Noch vor Abend ist Euch die trefflichste Tochter bescheeret,
Wie sie der Mann sich wünscht, dem ein kluger Sinn in der
Brust lebt.
Glücklich ist die Gute dann auch, so darf ich es hoffen.
Ja, sie danket mir ewig, daß ich ihr Vater und Mutter
Wiedergegeben¹⁰ in Euch, so wie sie verständige Kinder
Wünschen. Aber ich zaudre nicht mehr; ich schirre¹¹ die Pferde
Gleich und führe die Freunde hinaus, auf die Spur der Geliebten,
Ueberlasse¹² die Männer sich selbst und der eigenen Klugheit.
Richte¹³, so schwör' ich Euch zu¹⁴, mich ganz nach ihrer Entscheidung¹⁵,
Und ich seh' es nicht wieder, als bis es mein ist, das Mädchen.

---

¹ spring forth. — ² reliable. — ³ that auf, opened. — ⁴ too indulgent. —
⁵ part. — ⁶ wenn es über den Vater hergeht, when the father is overhauled. —
⁷ husband. — ⁸ defiance. — ⁹ mien. — ¹⁰ restored. — ¹¹ harness. — ¹² leave.
— ¹³ (I) regulate. — ¹⁴ zuschwören, to promise solemnly. — ¹⁵ decision.

Und so ging er hinaus, indessen¹ manches die andern
Weislich erwogen² und schnell die wichtige Sache besprachen³.

Hermann eilte zum Stalle sogleich, wo die muthigen⁴ Hengste
Ruhig standen und rasch den reinen Hafer⁵ verzehrten,
Und das trockene Heu, auf der besten Wiese gehauen.
Eilig legt' er ihnen darauf das blanke Gebiß⁶ an,
Zog die Riemen sogleich durch die schön versilberten⁷ Schnallen⁸.
Und befestigte⁹ dann die langen, breiteren Zügel,
Führte die Pferde heraus in den Hof, wo der willige Knecht schon
Vorgeschoben¹⁰ die Kutsche, sie leicht an der Deichsel¹¹ bewegend.
Abgemessen¹² knüpften sie drauf an die Wage¹³ mit saubern
Stricken¹⁴ die rasche Kraft der leichthinziehenden¹⁵ Pferde.
Hermann faßte die Peitsche¹⁶; dann saß er und rollt' in den Thorweg.
Als die Freunde nun gleich die geräumigen¹⁷ Plätze genommen,
Rollte der Wagen eilig und ließ das Pflaster zurücke,
Ließ zurück die Mauern der Stadt und die reinlichen Thürme.
So fuhr Hermann dahin, der wohlbekannten¹⁸ Chaussee¹⁹ zu,
Rasch, und säumete nicht und fuhr bergan²⁰ wie bergunter²¹.
Als er aber nunmehr den Thurm des Dorfes erblickte,
Und nicht fern mehr lagen die gartenumgebenen²² Häuser,
Dacht' er bei sich selbst, nun anzuhalten die Pferde.

Von dem würdigen Dunkel erhabener²³ Linden umschattet²⁴,
Die Jahrhunderte²⁵ schon an dieser Stelle gewurzelt²⁶,
War mit Rasen bedeckt ein weiter grünender²⁷ Anger
Vor dem Dorfe, den Bauern und nahen Städtern ein Lustort²⁸.

---

[1] whilst. — [2] considered. — [3] talked over. — [4] courageous. — [5] oats. —
[6] bit. — [7] beautifully plated. — [8] buckles. — [9] fastened. — [10] (had) pushed
forward. — [11] pole. — [12] well measured. — [13] tree-bar. — [14] ropes. —
[15] easily pulling. — [16] whip. — [17] roomy. — [18] well-known. — [19] causeway.
[20] uphill — [21] downhill. — [22] surrounded with gardens. — [23] lofty. —
[24] shaded around. — [25] (for) centuries. — [26] (had) taken root. — [27] green.
[28] pleasure-resort.

Flachgegraben¹ befand sich² unter den Bäumen ein Brunnen.
Stieg man die Stufen hinab, so zeigten sich steinerne Bänke,
Ringe³ um die Quelle gesetzt, die immer lebendig hervorquoll⁴,
Reinlich, mit niedriger Mauer gefaßt⁵, zu schöpfen bequemlich.
Hermann aber beschloß, in diesem Schatten die Pferde
Mit dem Wagen zu halten. Er that so, und sagte die Worte:
Steiget, Freunde, nun aus⁶ und geht, damit Ihr erfahret,
Ob das Mädchen auch⁷ werth der Hand sei, die ich ihr biete⁸.
Zwar ich glaub' es, und mir erzählt Ihr nichts Neues und Seltnes;
Hätt' ich allein zu thun, so ging' ich bebend zu dem Dorf hin,
Und mit wenigen Worten entschiede⁹ die Gute mein Schicksal.
Und Ihr werdet sie bald vor allen andern erkennen;
Denn wohl schwerlich ist an Bildung ihr eine vergleichbar.
Aber ich geb' Euch noch die Zeichen der reinlichen Kleider:
Denn der rothe Latz erhebt den gewölbten Busen,
Schön geschnürt¹⁰ und es liegt das schwarze Mieder ihr knapp an;
Sauber hat sie den Saum des Hemdes zur Krause gefaltet,
Die ihr das Kinn umgiebt, das runde, mit reinlicher Anmuth;
Frei und heiter zeigt sich des Kopfes zierliches Gerund;
Stark sind vielmal die Zöpfe um silberne Nadeln gewickelt,
Vielgefaltet und blau fängt unter dem Latze der Rock an¹¹
Und umschlägt¹² ihr im Gehn die wohlgebildeten Knöchel.
Doch das will ich Euch sagen, und noch mir ausdrücklich¹³ erbitten¹⁴:
Redet nicht mit dem Mädchen, und laßt nicht merken die Absicht,
Sondern befraget die andern, und hört, was sie alles erzählen.
Habt Ihr Nachricht¹⁵ genug, zu beruhigen Vater und Mutter,
Kehret zu mir dann zurück, und wir bedenken das Weitere.
Also dacht' ich mir's aus¹⁶, den Weg her, den wir gefahren.

---

¹ dug shallow. — ² found itself, i. e. was. — ³ all around. — ⁴ streame forth. — ⁵ (a) low. — ⁶ steiget aus, alight. — ⁷ really. — ⁸ offer. — ⁹ would decide. — ¹⁰ laced. — ¹¹ fängt an, begins. — ¹² waves around. — ¹³ expressly. — ¹⁴ request. — ¹⁵ information. — ¹⁶ dacht' ich mir's aus, I settled it in my thoughts.

Also sprach er. Es gingen darauf die Freunde dem Dorf zu,
Wo in Gärten und Scheunen und Häusern die Menge von Menschen
Wimmelte¹, Karrn an Karrn die breite Straße dahin stand.
Männer versorgten das brüllende² Vieh und die Pferd' an den Wagen:
Wäsche³ trockneten emsig auf allen Hecken die Weiber,
Und es ergötzten die Kinder sich plätschernd⁴ im Wasser des Baches⁵.
Also durch die Wagen sich drängend, durch Menschen und Thiere,
Sahen sie rechts⁶ und links⁷ sich um, die gesendeten Späher,
Ob sie nicht etwa das Bild des bezeichneten⁸ Mädchens erblickten;
Aber keine von allen erschien die herrliche Jungfrau.
Stärker fanden sie bald das Gedränge. Da war um die Wagen
Streit der drohenden Männer, worein⁹ sich mischten¹⁰ die Weiber,
Schreiend¹¹. Da nahte sich schnell mit würdigen Schritten ein Alter,
Trat zu den Scheltenden hin; und sogleich verklang¹² das Getöse,
Als er Ruhe gebot, und väterlich ernst sie bedrohte.
Hat uns, rief er, noch nicht das Unglück also gebändigt,
Daß wir endlich verstehn, uns unter einander zu dulden
Und zu vertragen¹³, wenn auch nicht jeder die Handlungen¹⁴ abmißt¹⁵?
Unverträglich¹⁶ fürwahr ist der Glückliche! Werden die Leiden
Endlich euch lehren, nicht mehr, wie sonst, mit dem Bruder zu hadern¹⁷?
Gönnet einander den Platz auf fremdem Boden, und theilet
Was ihr habet, zusammen, damit ihr Barmherzigkeit¹⁸ findet.

Also sagte der Mann, und alle schwiegen; verträglich¹⁹
Ordneten Vieh und Wagen die wieder besänftigten²⁰ Menschen.
Als der Geistliche nun die Rede des Mannes vernommen,
Und den ruhigen Sinn des fremden Richters entdeckte²¹,

---

¹ swarmed. — ² lowing. — ³ linen. — ⁴ splashing. — ⁵ brook. — ⁶ on the right. — ⁷ on the left. — ⁸ indicated. — ⁹ into which. — ¹⁰ mixed. — ¹¹ screaming. — ¹² died away. — ¹³ sich vertragen, to agree. — ¹⁴ actions. — ¹⁵ calculates accurately. — ¹⁶ quarrelsome. — ¹⁷ to wrangle. — ¹⁸ mercy. — ¹⁹ amicably. — ²⁰ appeased. — ²¹ discovered.

Trat er an ihn heran, und sprach die bedeutenden Worte:
Vater, fürwahr! wenn das Volk in glücklichen Tagen dahin lebt,
Von der Erde sich nährend, die weit und breit sich aufthut [1],
Und die erwünschten Gaben in Jahren und Monden erneuert,
Da geht Alles von selbst, und jeder ist sich der Klügste,
Wie der Beste; und so bestehen sie neben einander,
Und der vernünftigste Mann ist wie ein andrer gehalten:
Denn was alles geschieht, geht still, wie von selber, den Gang [2] fort.
Aber zerrüttet [3] die Noth die gewöhnlichen Wege des Lebens,
Reißt [4] das Gebäude nieder, und wühlet [5] Garten und Saat um,
Treibt den Mann und das Weib vom Raume der traulichen Wohnung,
Schleppt in die Irre sie fort, durch ängstliche Tage und Nächte:
Ach! da sieht man sich um [6], wer wohl der verständigste Mann sei,
Und er redet nicht mehr die herrlichen Worte vergebens.
Sagt mir, Vater, Ihr seid gewiß der Richter von diesen
Flüchtigen Männern, der Ihr sogleich die Gemüther beruhigt?
Ja, Ihr erscheint mir heut als einer der ältesten Führer,
Die durch Wüsten [7] und Irren vertriebene Völker geleitet.
Denk' ich doch eben, ich rede mit Josua [8] oder mit Moses.

Und es versetzte darauf mit ernstem Blicke der Richter:
Wahrlich unsere Zeit vergleicht sich den seltensten Zeiten,
Die die Geschichte bemerkt [9], die heilige wie die gemeine.
Denn wer gestern und heut in diesen Tagen gelebt hat,
Hat schon Jahre gelebt: so drängen sich alle Geschichten.
Denk' ich ein wenig zurück, so scheint mir ein graues [10] Alter,
Auf dem Haupte zu liegen, und doch ist die Kraft noch lebendig
O, wir anderen dürfen uns wohl mit jenen vergleichen,
Denen in ernster Stund' erschien im feurigen Busche [11]
Gott der Herr; auch uns erschien er in Wolken und Feuer.

---

[1] opens. — [2] course. — [3] deranges. — [4] pulls. — [5] umwühlen, to root up. — [6] sich umsehen, to look about. — [7] deserts. — [8] Joshua. — [9] mentions. [10] hoary. — [11] bush.

Als nun der Pfarrer darauf noch weiter zu sprechen geneigt war
Und das Schicksal des Manns und der Seinen zu hören verlangte,
Sagte behend der Gefährte mit heimlichen Worten in's Ohr ihm:
Sprecht mit dem Richter nur fort, und bringt das Gespräch auf das
                                                 Mädchen,
Aber ich gehe herum, sie aufzusuchen[1], und komme
Wieder, sobald ich sie finde. Es nickte der Pfarrer dagegen,
Und durch die Hecken und Gärten und Scheunen suchte der Späher.

---

[1] to search for.

Ilio.

Das Zeitalter.

Als nun der geistliche Herr den fremden Richter befragte,
Was die Gemeinde gelitten [1], wie lang sie von Hause vertrieben,
Sagte der Mann darauf: Nicht kurz sind unsere Leiden;
Denn wir haben das Bittre der sämmtlichen Jahre getrunken [2],
Schrecklicher, weil auch uns die schönste Hoffnung zerstört ward.
Denn wer läugnet es wohl, daß hoch sich das Herz ihm erhoben,
Ihm die freiere Brust mit reineren Pulsen [3] geschlagen [4],
Als sich der erste Glanz [5] der neuen Sonne heranhob [6],
Als man hörte vom Rechte der Menschen, das allen gemein sei,
Von der begeisternden [7] Freiheit und von der löblichen Gleichheit [8]!
Damals hoffte jeder sich selbst zu leben; es schien sich
Aufzulösen das Band, das viele Länder umstrickte [9],
Das der Müßiggang [10] und der Eigennutz [11] in der Hand hielt.
Schauten nicht alle Völker in jenen drängenden Tagen
Nach der Hauptstadt [12] der Welt, die es schon so lange gewesen,
Und jetzt mehr als je den herrlichen Namen verdiente?
Waren nicht jener Männer, der ersten Verkünder [13] der Botschaft,
Namen den höchsten gleich, die unter die Sterne [14] gesetzt sind?
Wuchs nicht jeglichem Menschen der Muth und der Geist und die Sprache?
Und wir waren zuerst, als Nachbarn, lebhaft entzündet [15].
Darauf begann der Krieg, und die Züge bewaffneter Franken

---

[1] (had) suffered. — [2] drunk. — [3] pulses. — [4] beat. — [5] splendour. — [6] raised. — [7] inspiring. — [8] equality. — [9] ensnared. — [10] idleness. — [11] selfishness. — [12] capital. — [13] proclaimers. — [14] stars. — [15] inflamed.

Rückten näher; allein sie schienen nur Freundschaft zu bringen.
Und die brachten sie auch: denn ihnen erhöht[1] war die Seele
Allen; sie pflanzten mit Lust die munteren Bäume der Freiheit,
Jedem das Seine versprechend, und jedem die eigne Regierung[2].
Hoch erfreute sich da die Jugend, sich freute das Alter,
Und der muntere Tanz begann um die neue Standarte[3].
So gewannen[4] sie bald, die überwiegenden[5] Franken,
Erst der Männer Geist, mit feurigem, munterm Beginnen,
Dann die Herzen der Weiber, mit unwiderstehlicher Anmuth.
Leicht selbst schien uns der Druck des vielbedürfenden[6] Krieges;
Denn die Hoffnung umschwebte[7] vor unsern Augen die Ferne[8],
Lockte die Blicke hinaus in neueröffnete[9] Bahnen[10].
O, wie froh ist die Zeit, wenn mit der Braut sich der Bräut'gam
Schwinget[11] im Tanze, den Tag der gewünschten Verbindung erwartend!
Aber herrlicher war die Zeit, in der uns das Höchste,
Was der Mensch sich denkt, als nah und erreichbar[12] sich zeigte.
Da war jedem die Zunge gelöst; es sprachen die Greise,
Männer und Jünglinge laut voll hohen Sinns und Gefühles.
Aber der Himmel trübte sich bald. Um den Vortheil[13] der Herrschaft[14]
Stritt ein verderbtes Geschlecht, unwürdig[15] das Gute zu schaffen;
Sie ermordeten[16] sich und unterdrückten[17] die neuen
Nachbarn und Brüder und sandten die eigennützige[18] Menge.
Und es praßten bei uns die Obern[19], und raubten im Großen[20].
Und es raubten und praßten bis zu dem Kleinsten die Kleinen;
Jeder schien nur besorgt, es bleibe was übrig für morgen.
Allzugroß[21] war die Noth, und täglich wuchs die Bedrückung[22];
Niemand vernahm das Geschrei, sie waren die Herren des Tages.

---

[1] elevated. — [2] government. — [3] standard. — [4] gained (over). — [5] overpowering. — [6] requiring much, i. e. insatiable. — [7] hovered around. — [8] distance. — [9] newly opened. — [10] paths, careers. — [11] whirls. — [12] attainable. [13] advantage. — [14] ruling, power. — [15] unworthy. — [16] murdered. — [17] oppressed. — [18] selfish. — [19] higher (officials). — [20] on a large scale. — [21] far too great. — [22] oppression.

Da fiel Kummer und Wuth auch selbst ein gelaßnes Gemüth an;
Jeder sann¹ nur und schwur, die Beleidigung² alle zu rächen,
Und den bittern Verlust der doppelt betrogenen³ Hoffnung.
Und es wendete sich das Glück auf die Seite der Deutschen,
Und der Franke floh⁴ mit eiligen Märschen⁵ zurücke.
Ach, da fühlten wir erst das traurige Schicksal des Krieges!
Denn der Sieger⁶ ist groß und gut; zum wenigsten scheint er's,
Und er schonet⁷ den Mann, den besiegten⁸, als wär' er der Seine,
Wenn er ihm täglich nützt⁹ und mit den Gütern ihm dienet.
Aber der Flüchtige kennt kein Gesetz; denn er wehrt¹⁰ nur den Tod ab,
Und verzehret nur schnell und ohne Rücksicht die Güter;
Dann ist sein Gemüth auch erhitzt¹¹, und es kehrt die Verzweiflung
Aus dem Herzen hervor das frevelhafte¹² Beginnen.
Nichts ist heilig ihm mehr; er raubt es. Die wilde Begierde¹³
Dringt mit Gewalt auf das Weib, und macht die Lust zum Entsetzen¹⁴
Ueberall sieht er den Tod, und genießt die letzten Minuten¹⁵
Grausam¹⁶, freut sich des Bluts, und freut sich des heulenden Jammers.
Grimmig erhob sich darauf in unsern Männern die Wuth nun,
Das Verlorne zu rächen und zu vertheid'gen¹⁷ die Reste¹⁸.
Alles ergriff die Waffen, gelockt von der Eile des Flüchtlings,
Und vom blassen¹⁹ Gesicht und scheu unsicheren²⁰ Blicke.
Rastlos nun erklang²¹ das Getön²² der stürmenden²³ Glocke,
Und die künft'ge Gefahr hielt nicht die grimmige Wuth auf.
Schnell verwandelte²⁴ sich des Feldbau's²⁵ friedliche Rüstung²⁶
Nun in Wehre²⁷; da troff²⁸ von Blute Gabel²⁹ und Sense³⁰.
Ohne Begnadigung³¹ fiel der Feind, und ohne Verschonung³²;

---

¹ thought. — ² injury. — ³ deceived. — ⁴ fled. — ⁵ marches. — ⁶ conqueror. — ⁷ spares. — ⁸ conquered. — ⁹ is useful. — ¹⁰ wehrt ab, keeps off. ¹¹ excited. — ¹² criminal. — ¹³ desire. — ¹⁴ horror. — ¹⁵ minutes. — ¹⁶ cruelly. — ¹⁷ to defend. — ¹⁸ remains. — ¹⁹ pale. — ²⁰ doubtful. — ²¹ resounded. — ²² ringing. — ²³ tolling (the alarm). — ²⁴ changed. — ²⁵ agriculture. — ²⁶ implement. — ²⁷ weapon. — ²⁸ dripped. — ²⁹ pitch-fork. — ³⁰ scythe. — ³¹ mercy. — ³² sparing.

Ueberall ras'te¹ die Wuth und die feige², tückische³ Schwache⁴.
Möcht' ich den Menschen doch nie in dieser schnöden⁵ Verirrung⁶
Wiedersehn⁷! das wüthende Thier ist ein besserer Anblick.
Sprech' er doch nie von Freiheit, als könn' er⁸ sich selber regieren!
Losgebunden⁹ erscheint, sobald die Schranken¹⁰ hinweg sind,
Alles Böse, das tief das Gesetz in die Winkel zurücktrieb¹¹.

Trefflicher Mann! versetzte darauf der Pfarrer mit Nachdruck.
Wenn Ihr den Menschen verkennt, so kann ich Euch darum nicht
schelten;
Habt Ihr doch Böses genug erlitten¹² vom wüsten Beginnen!
Wollt Ihr aber zurück die traurigen Tage durchschauen¹³,
Würdet ihr selber gestehn, wie oft Ihr auch Gutes erblicktet,
Manches Treffliche, das verborgen bleibt in dem Herzen,
Regt die Gefahr es nicht auf, und drängt die Noth nicht den Menschen,
Daß er als Engel sich zeig'¹⁴, erscheine dem andern ein Schutzgott¹⁵.

Lächelnd versetzte darauf der alte, würdige Richter:
Ihr erinnert mich klug, wie oft nach dem Brande des Hauses,
Man den betrübten¹⁶ Besitzer an Gold und Silber erinnert,
Das geschmolzen¹⁷ im Schutt nun überblieben¹⁸ zerstreut liegt.
Wenig ist es fürwahr, doch auch das wenige köstlich;
Und der Verarmte¹⁹ gräbet²⁰ ihm nach, und freut sich des Fundes²¹.
Und so kehr' ich auch gern die heitern Gedanken zu jenen
Wenigen guten Thaten, die aufbewahrt²² das Gedächtniß²³.
Ja, ich will es nicht läugnen, ich sah sich Feinde versöhnen²⁴,
Um die Stadt vom Uebel zu retten; ich sah auch der Freunde,

---

¹ raged. — ² cowardly. — ³ treacherous. — ⁴ weakness. ⁵ shameful.
⁶ aberration. — ⁷ see again. — ⁸ as if he could. — ⁹ let loose. — ¹⁰ barriers.
¹¹ drove back. — ¹² suffered. — ¹³ look over. — ¹⁴ may show. — ¹⁵ tutelary god. — ¹⁶ afflicted. — ¹⁷ melted. — ¹⁸ remaining, left. — ¹⁹ the impoverished man. — ²⁰ digs. — ²¹ find. — ²² preserves. — ²³ memory. —
²⁴ reconcile.

Sah der Eltern Lieb' und der Kinder Unmögliches wagen;
Sah, wie der Jüngling auf einmal zum Mann ward; sah, wie der
Greis sich
Wieder verjüngte[1], das Kind sich selbst als Jüngling enthüllte,
Ja, und das schwache Geschlecht, so wie es gewöhnlich genannt[2] wird,
Zeigte sich tapfer und mächtig, und gegenwärtigen[3] Geistes.
Und so laßt mich vor allen der schönen That noch erwähnen,
Die hochherzig ein Mädchen vollbrachte, die treffliche Jungfrau,
Die auf dem großen Gehöft[4] allein mit den Mädchen zurückblieb;
Denn es waren die Männer auch gegen die Fremden gezogen[5].
Da überfiel[6] den Hof ein Trupp[7] verlaufnen[8] Gesindels[9],
Plündernd, und drängte sogleich sich in die Zimmer der Frauen.
Sie erblickten das Bild der schön erwachsenen[10] Jungfrau
Und die lieblichen Mädchen, noch eher Kinder zu heißen.
Da ergriff sie wilde Begier; sie stürmten[11] gefühllos
Auf die zitternde[12] Schaar und auf's hochherzige Mädchen.
Aber sie riß[13] dem einen sogleich von der Seite den Säbel[14],
Hieb ihn nieder gewaltig; er stürzt' ihr blutend[15] zu Füßen.
Dann mit männlichen Streichen befreite sie tapfer die Mädchen,
Traf noch viere der Räuber[16]; doch die entflohen[17] dem Tode.
Dann verschloß sie den Hof, und harrte der Hülfe, bewaffnet.

Als der Geistliche nun das Lob[18] des Mädchens vernommen,
Stieg die Hoffnung sogleich für seinen Freund im Gemüth auf,.
Und er war im Begriff[19] zu fragen, wohin sie gerathen?
Ob auf der traurigen Flucht sie nun mit dem Volk sich befinde?

Aber da trat herbei der Apotheker behende,

---

[1] sich verjüngte, grew young again. — [2] called. — [3] present. — [4] farm. [5] marched. — [6] surprised. — [7] troop. — [8] run away. — [9] rabble. — [10] grown up. — [11] rushed. — [12] trembling. — [13] tore. — [14] sabre. — [15] bleeding.— [16] robbers. — [17] fled from. — [18] praise. — [19] on the point.

Zupfte ¹ den geistlichen Herrn, und sagte die wispernden ² Worte.
Hab' ich doch endlich das Mädchen aus vielen hundert gefunden,
Nach der Beschreibung ³! So kommt und sehet sie selber mit Augen;
Nehmet den Richter mit Euch, damit wir das Weitere hören.
Und sie kehrten sich um, und weg ward gerufen der Richter
Von den Seinen, die ihn, bedürftig ⁴ des Rathes, verlangten.
Doch es folgte sogleich dem Apotheker der Pfarrherr
An die Lücke ⁵ des Zauns ⁶, und jener deutete listig.
Seht Ihr, sagt' er, das Mädchen? Sie hat die Puppe ⁷ gewickelt,
Und ich erkenne genau den alten Cattun und den blauen
Kissenüberzug ⁸ wohl, den ihr Hermann im Bündel gebracht hat.
Sie verwendete schnell, fürwahr, und gut die Geschenke ⁹.
Diese sind deutliche Zeichen, es treffen die übrigen alle;
Denn der rothe Latz erhebt den gewölbten Busen,
Schöngeschnürt ¹⁰, und es liegt das schwarze Mieder ihr knapp an.
Sauber ist der Saum des Hemdes zur Krause gefaltet,
Und umgiebt ihr das Kinn, das runde, mit reinlicher Anmuth;
Frei und heiter zeigt sich des Kopfes zierliches Eirund,
Und die starken Zöpfe um silberne Nadeln gewickelt;
Sitzt sie gleich ¹¹, so sehen wir doch die treffliche Größe,
Und den blauen Rock, der, vielgefalter, vom Busen,
Reichlich herunterwallt ¹² zum wohlgebildeten Knöchel.
Ohne Zweifel, sie ist's. Drum kommet, damit wir vernehmen,
Ob sie gut und tugendhaft ¹³ sei, ein häusliches Mädchen.

Da versetzte der Pfarrer, mit Blicken die Sitzende prüfend:
Daß sie den Jüngling entzückt, fürwahr es ist mir kein Wunder;
Denn sie hält vor dem Blick des erfahrenen ¹⁴ Mannes die Probe ¹⁵.
Glücklich, wenn doch Mutter Natur die rechte Gestalt gab!

---

¹ pulled. — ² whispering. — ³ description. — ⁴ being in want of. — ⁵ gap. — ⁶ hedge. — ⁷ doll. — ⁸ pillow-case. — ⁹ gifts. — ¹⁰ beautifully laced. — ¹¹ sitzt sie gleich, although she is sitting. — ¹² falls down in waves. ¹³ virtuous. — ¹⁴ experienced. — ¹⁵ test.

Denn sie empfiehlet¹ ihn stets², und nirgends³ ist er ein Fremdling.
Jeder nahet sich gern, und jeder möchte verweilen,
Wenn die Gefälligkeit⁴ nur sich zu der Gestalt noch gesellet⁵.
Ich versichr'⁶ Euch, es ist dem Jüngling ein Mädchen gefunden,
Das ihm die künftigen Tage des Lebens herrlich erheitert,
Treu mit weiblicher⁷ Kraft durch alle Zeiten ihm beisteht⁸.
So ein vollkommener⁹ Körper gewiß bewahrt auch die Seele
Rein, und die rüstige Jugend verspricht¹⁰ ein glückliches Alter.

Und es sagte darauf der Apotheker bedenklich:
Trüget¹¹ doch öfters der Schein! Ich mag dem Aeußern nicht trauen;
Denn ich habe das Sprichwort¹² so oft erprobet¹³ gefunden:
Eh' du den Scheffel¹⁴ Salz¹⁵ mit dem neuen Bekannten¹⁶ verzehret,
Darfst¹⁷ du nicht leichtlich ihm trauen; dich macht die Zeit nur gewisser,
Wie du es habest mit ihm, und wie die Freundschaft bestehe.
Lasset uns also zuerst bei guten Leuten uns umthun¹⁸,
Denen das Mädchen bekannt ist, und die uns von ihr nun erzählen.

Auch ich lobe die Vorsicht, versetzte der Geistliche folgend.
Frei'n wir doch nicht für uns! Für andere frei'n ist bedenklich.

Und sie gingen darauf dem wackern Richter entgegen,
Der in seinen Geschäften die Straße wieder heraufkam¹⁹.

Und zu ihm sprach sogleich der kluge Pfarrer mit Vorsicht:
Sagt! wir haben ein Mädchen gesehn, das im Garten zunächst hier
Unter dem Apfelbaum sitzt, und Kindern Kleider verfertigt
Aus getragnem Cattun, der ihr vermuthlich²⁰ geschenkt²¹ ward,

---

¹ recommends. — ² always. — ³ nowhere. — ⁴ pleasing manners. -
⁵ associates, combines. — ⁶ assure. — ⁷ womanly. — ⁸ assists. — ⁹ perfect. —
¹⁰ promises. — ¹¹ deceives. — ¹² proverb. — ¹³ well founded. — ¹⁴ bushel.
¹⁵ salt. — ¹⁶ acquaintance. — ¹⁷ must. — ¹⁸ inform. — ¹⁹ came up. -
²⁰ probably. — ²¹ presented as a gift.

Uns gefiel ¹ die Gestalt; sie scheinet der Wackeren eine.
Saget uns, was Ihr wißt; wir fragen aus löblicher Absicht.

    Als in den Garten zu blicken der Richter sogleich nun herzutrat ²,
Sagt' er: Diese kennt Ihr schon; denn wenn ich erzählte
Von der herrlichen That, die jene Jungfrau verrichtet,
Als sie das Schwert ³ ergriff und sich und die Ihren beschützte —
Diese war's! Ihr seht es ihr an ⁴, sie ist rüstig geboren ⁵,
Aber so gut wie stark; denn ihren alten Verwandten
Pflegte ⁶ sie bis zum Tode, da ihn der Jammer dahinriß ⁷
Ueber des Städtchens Noth und seiner Besitzung Gefahren.
Auch, mit stillem Gemüth, hat sie die Schmerzen ertragen
Ueber des Bräutigams Tod, der, ein edler Jüngling, im ersten
Feuer des hohen Gedankens, nach edler Freiheit zu streben,
Selbst hinging ⁸ nach Paris und bald den schrecklichen Tod fand;
Denn wie zu Hause, so dort, bestritt ⁹ er Willkür ¹⁰ und Ränke.
Also sagte der Richter. Die beiden schieden und dankten,
Und der Geistliche zog ein Goldstück (das Silber des Beutels
War vor einigen Stunden von ihm schon milde verspendet ¹¹,
Als er die Flüchtlinge sah in traurigen Haufen vorbeiziehn),
Und er reicht' es dem Schulzen ¹² und sagte: Theilet den Pfennig ¹³
Unter die Dürftigen aus, und Gott vermehre die Gabe!
Doch es weigerte sich der Mann, und sagte: Wir haben
Manchen Thaler ¹⁴ gerettet und manche Kleider und Sachen,
Und ich hoffe, wir kehren zurück, noch eh' es verzehrt ist.

    Da versetzte der Pfarrer, und drückt' ihm das Geld in die Hand ein:
Niemand säume zu geben in diesen Tagen, und niemand
Weigre sich anzunehmen ¹⁵, was ihm die Milde geboten ¹⁶!

---

¹ pleased. — ² stepped up. — ³ sword. — ⁴ Ihr seht es ihr an, you see by her looks. — ⁵ born. — ⁶ nursed. — ⁷ carried off. — ⁸ went there. — ⁹ combated. — ¹⁰ arbitrary power. — ¹¹ given away. — ¹² village-mayor. — ¹³ penny. — ¹⁴ thaler (3sh.). — ¹⁵ to accept. — ¹⁶ (has) offered.

Niemand weiß, wie lang er es hat, was er ruhig besitzet;
Niemand, wie lang er noch in fremden Landen umherzieht¹
Und des Ackers entbehrt und des Gartens, der ihn ernähret.

Ei² doch! sagte darauf der Apotheker geschäftig:
Wäre mir jetzt nur Geld in der Tasche³, so solltet Ihr's haben,
Groß wie klein; denn viele gewiß der Euren bedürfen's.
Unbeschenkt⁴ doch laß' ich Euch nicht; damit Ihr den Willen
Sehet, woferne die That auch hinter⁵ dem Willen zurückbleibt⁶.
Also sprach er, und zog den gestickten⁷ ledernen⁸ Beutel
An dem Riemen hervor, worin⁹ der Tobak¹⁰ ihm verwahrt war,
Oeffnete zierlich und theilte; da fanden sich einige Pfeifen¹¹.
Klein ist die Gabe, setzt' er dazu. Da sagte der Schultheiß¹²,
Guter Tobak ist doch dem Reisenden immer willkommen.
Und es lobte darauf der Apotheker den Knaster¹³.

Aber der Pfarrherr zog ihn hinweg, und sie schieden vom Richter.
Eilen wir! sprach der verständige Mann: es wartet der Jüngling
Peinlich; er höre so schnell als möglich¹⁴ die fröhliche Botschaft.

Und sie eilten und kamen und fanden den Jüngling gelehnet
An den Wagen unter den Linden. Die Pferde zerstampften
Wild den Rasen; er hielt sie im Zaum¹⁵, und stand in Gedanken
Blickte still vor sich hin und sah die Freunde nicht eher,
Bis sie kommend ihn riefen und fröhliche Zeichen ihm gaben.
Schon so ferne begann der Apotheker zu sprechen;
Doch sie traten näher hinzu. Da faßte der Pfarrherr
Seine Hand, und sprach und nahm dem Gefährten das Wort weg:

---

¹ wanders about. — ² Ah! — ³ pocket. — ⁴ without a gift. — ⁵ behind.
⁶ remains behind. — ⁷ embroidered. — ⁸ leathern. — ⁹ in which. — ¹⁰ tobacco. — ¹¹ pipes. — ¹² village-mayor. — ¹³ canaster tobacco. — ¹⁴ possible. ¹⁵ bridle.

Heil dir, junger Mann! Dein treues Auge, dein treues
Herz hat richtig[1] gewählt! Glück dir und dem Weibe der Jugend!
Deiner ist sie werth; drum[2] komm' und wende den Wagen,
Daß wir fahrend sogleich die Ecke des Dorfes erreichen,
Um sie werben und bald nach Hause führen die Gute.

Aber der Jüngling stand, und ohne Zeichen der Freude
Hört' er die Worte des Boten[3], die himmlisch waren und tröstlich,
Seufzete[4] tief und sprach: Wir kamen mit eilendem Fuhrwerk
Und wir ziehen vielleicht beschämt und langsam nach Hause:
Denn hier hat mich, seitdem[5] ich warte, die Sorge befallen,
Argwohn[6] und Zweifel und alles, was nur ein liebendes Herz kränkt.
Glaubt Ihr, wenn wir nur kommen, so werde das Mädchen uns folgen,
Weil wir reich sind, aber sie arm und vertrieben einherzieht[7]?
Armuth[8] selbst macht stolz, die unverdiente[9]. Genügsam[10]
Scheint das Mädchen und thätig; und so gehört ihr die Welt an[11].
Glaubt Ihr, es sei ein Weib von solcher Schönheit[12] und Sitte[13]
Aufgewachsen[14], um nie den guten Jüngling zu reizen[15]?
Glaubt Ihr, sie habe bis jetzt ihr Herz verschlossen der Liebe?
Fahret nicht rasch bis hinan! wir möchten zu unsrer Beschämung[16]
Sachte die Pferde herum nach Hause lenken. Ich fürchte
Irgend ein Jüngling besitzt dies Herz, und die wackere Hand hat
Eingeschlagen[17] und schon dem Glücklichen Treue versprochen[18].
Ach! da steh' ich vor ihr mit meinem Antrag beschämet.

Ihn zu trösten, öffnete drauf' der Pfarrer den Mund schon;
Doch es fiel der Gefährte mit seiner gesprächigen Art ein[19]:
Freilich! so wären wir nicht vor Zeiten verlegen[20] gewesen,

---

[1] rightly. — [2] therefore. — [3] messenger. — [4] sighed. — [5] since. — [6] suspicion. — [7] wanders about. — [8] poverty. — [9] undeserved. — [10] easily satisfied. — [11] angehören, to belong to. — [12] beauty. — [13] good manners. — [14] grown up. — [15] to attract. — [16] shame. — [17] pledged her word. — [18] promised. — [19] fiel ein, joined in. — [20] embarrassed.

Da ein jedes Geschäft nach seiner Weise vollbracht ward.
Hatten die Eltern die Braut für ihren Sohn sich ersehen¹,
Ward zuvörderst ein Freund vom Hause vertraulich gerufen;
Diesen sandte man dann als Freiersmann zu den Eltern
Der erkorenen² Braut, der dann in stattlichem Putze
Sonntags etwa nach Tische den würdigen Bürger besuchte³,
Freundliche Worte mit ihm im Allgemeinen zuvörderst
Wechselnd, und klug das Gespräch zu lenken und wenden verstehend,
Endlich nach langem Umschweif⁴ ward auch der Tochter erwähnet,
Rühmlich⁵, und rühmlich des Manns und des Hauses, von dem man
    gesandt war.
Kluge Leute merkten die Absicht; der kluge Gesandte
Merkte den Willen gar bald, und konnte sich weiter erklären.
Lehnte den Antrag man ab⁶, so war auch ein Korb⁷ nicht verdrießlich.
Aber gelang⁸ es denn auch), so war der Freiersmann immer
In dem Hause der Erste bei jedem häuslichen Feste;
Denn es erinnerte sich durch's ganze Leben das Ehpaar,
Daß die geschickte Hand den ersten Knoten geschlungen⁹.
Jetzt ist aber das alles, mit anderen guten Gebräuchen,
Aus der Mode gekommen, und jeder freit für sich selber.
Nehme denn jeglicher auch den Korb mit eigenen Händen,
Der ihm etwa bescheert ist, und stehe beschämt vor dem Mädchen.

Sei es, wie ihm auch sei! versetzte der Jüngling, der kaum auf
Alle die Worte gehört, und schon sich im Stillen¹⁰ entschlossen.
Selber geh' ich und will mein Schicksal selber erfahren
Aus dem Munde des Mädchens, zu dem ich das größte Vertrauen
Hege, das irgend ein Mensch nur je zu dem Weibe gehegt hat.
Was sie sagt, das ist gut, es ist vernünftig, das weiß ich.

---

¹ selected. — ² chosen. — ³ visited. — ⁴ circumlocution. — ⁵ with praise.
⁶ lehnte ab, declined. — ⁷ lit basket, here, a refusal. — ⁸ if it succeeded. —
⁹ twisted. — ¹⁰ silence.

Soll ich sie auch zum letztenmal sehn, so will ich noch einmal
Diesem offenen Blick des schwarzen Auges begegnen;
Drück' ich sie nie an das Herz, so will ich die Brust und die Schultern
Einmal noch sehn, die mein Arm so sehr zu umschließen[1] begehret,
Will den Mund noch sehen, von dem ein Kuß und das Ja[2] mich
Glücklich macht auf ewig, das Nein mich auf ewig zerstöret.
Aber laßt mich allein! Ihr sollt nicht warten. Begebet
Euch zu Vater und Mutter zurück, damit sie erfahren,
Daß sich der Sohn nicht geirrt, und daß es werth ist, das Mädchen.
Und so laßt mich allein! den Fußweg[3] über den Hügel
An den Birnbaum hin, und unsern Weinberg hinunter,
Geh' ich näher nach Hause zurück. O, daß ich die Traute[4]
Freudig und schnell heimführte[5]! Vielleicht auch schleich'[6] ich alleine
Jene Pfade nach Haus, und betrete froh sie nicht wieder.

Also sprach er und gab dem geistlichen Herren die Zügel,
Der verständig sie faßte, die schäumenden[7] Rosse beherrschend[8],
Schnell den Wagen bestieg und den Sitz des Führers besetzte[9].

Aber du zaudertest noch, vorsichtiger[10] Nachbar, und sagtest:
Gerne vertrau' ich, mein Freund, Euch Seel' und Geist und Gemüth an[11];
Aber Leib und Gebein[12] ist nicht zum Besten verwahret,
Wenn die geistliche Hand der weltlichen Zügel sich anmaßt[13].

Doch du lächeltest drauf, verständiger Pfarrer, und sagtest:
Sitzet nur ein[14], und getrost vertraut mir den Leib, wie die Seele!
Denn geschickt ist die Hand schon lange, den Zügel zu führen,
Und das Auge geübt, die künstlichste[15] Wendung[16] zu treffen.
Denn wir waren in Straßburg gewohnt den Wagen zu lenken,

---

[1] to embrace. — [2] word of consent. [3] pathway. — [4] beloved one. — [5] might lead home. — [6] slink. — [7] foaming. — [8] mastering. — [9] occupied. — [10] cautious. — [11] vertrau' ich an, I entrust. — [12] bones. — [13] sich anmaßt, arrogates to itself. [14] sitzet ein, take a seat. — [15] most difficult. — [16] turning.

Als ich den jungen Baron dahin begleitete; täglich
Rollte der Wagen, geleitet von mir das hallende[1] Thor durch,
Staubige Wege hinaus, bis fern zu den Auen[2] und Linden.
Mitten durch[3] Schaaren des Volks, das mit Spazieren den Tag lebt.

Halbgetröstet[4] bestieg darauf der Nachbar den Wagen
Saß wie einer, der sich zum weislichen Sprunge[5] bereitet;
Und die Hengste rannten[6] nach Hause, begierig des Stalles.
Aber die Wolke des Staubes quoll[7] unter den mächtigen Hufen[8].
Lange noch stand der Jüngling, und sah den Staub sich erheben,
Sah den Staub sich zerstreu'n; so stand er ohne Gedanken.

[1] sounding. — [2] meadows. — [3] mitten durch, through the midst of.
[4] half comforted. — [5] leap. — [6] ran. — [7] rose. — [8] hoofs.

Cralo.

Dorothea.

Wie der wandernde Mann, der vor dem Sinken¹ der Sonne
Sie noch einmal in's Auge, die schnellverschwindende², faßte,
Dann im dunkeln Gebüsch³ und an der Seite des Felsens
Schweben siehet ihr Bild; wohin er die Blicke nur wendet,
Eilet es vor und glänzt und schwankt in herrlichen Farben:
So bewegte vor Hermann die liebliche Bildung des Mädchens
Sanft⁴ sich vorbei, und schien dem Pfad in's Getreide⁵ zu folgen.
Aber er fuhr aus dem staunenden Traum⁶ auf, wendete langsam
Nach dem Dorfe sich zu, und staunte wieder; denn wieder
Kam ihm die hohe Gestalt des herrlichen Mädchens entgegen.
Fest betrachtet' er sie; es war kein Scheinbild⁷, sie war es
Selber. Den größeren Krug und einen kleineren am Henkel
Tragend in jeglicher Hand: so schritt sie geschäftig zum Brunnen.
Und er ging ihr freudig entgegen. Es gab ihm ihr Anblick
Muth und Kraft; er sprach zu seiner Verwunderten also:
Find' ich dich, wackeres Mädchen, so bald auf's neue beschäftigt⁸,
Hülfreich andern zu sein und gern zu erquicken die Menschen?
Sag', warum kommst du allein zum Quell, der doch so entfernt liegt,
Da sich andere doch mit dem Wasser des Dorfes begnügen⁹?

---

¹ setting. — ² quickly disappearing. — ³ bushes. — ⁴ softly. — ⁵ wheat.
⁶ dream. — ⁷ illusion. — ⁸ occupied. — ⁹ content.

Freilich ist dieß von besonderer Kraft und lieblich zu kosten.
Jener Kranken bringst du es wohl, die du treulich gerettet?

    Freundlich begrüßte sogleich das gute Mädchen den Jüngling,
Sprach: So ist schon hier der Weg mir zum Brunnen belohnet[1],
Da ich finde den Guten, der uns so vieles gereicht hat;
Denn der Anblick des Gebers[2] ist, wie die Gaben, erfreulich[3].
Kommt und sehet doch selber, wer eure Milde genossen[4],
Und empfanget den ruhigen Dank von allen Erquickten.
Daß Ihr aber sogleich vernehmet, warum ich gekommen,
Hier zu schöpfen, wo rein und unabläßig[5] der Quell fließt[6],
Sag' ich Euch dieß: es haben die unvorsichtigen[7] Menschen
Alles Wasser getrübt im Dorfe, mit Pferden und Ochsen
Gleich durchwatend[8] den Quell, der Wasser bringt den Bewohnern.
Und so haben sie auch mit Waschen[9] und Reinigen[10] alle
Tröge[11] des Dorfes beschmutzt[12] und alle Brunnen besudelt[13];
Denn ein jeglicher denkt nur, sich selbst und das nächste Bedürfniß
Schnell zu befried'gen und rasch, und nicht des Folgenden denkt er.

    Also sprach sie und war die breiten Stufen hinunter
Mit dem Begleiter gelangt; und auf das Mäuerchen[14] setzten
Beide sich nieder des Quells. Sie beugte sich über, zu schöpfen;
Und er faßte den anderen Krug, und beugte sich über.
Und sie sahen gespiegelt ihr Bild in der Bläue[15] des Himmels
Schwanken, und nickten sich zu, und grüßten sich freundlich im Spiegel.

    Laß mich trinken, sagte darauf der heitere Jüngling;
Und sie reicht' ihm den Krug. Dann ruhten sie beide, vertraulich

---

[1] rewarded. — [2] donor. — [3] gratifying. — [4] (has) enjoyed. — [5] unceasingly. — [6] flows. — [7] improvident. — [8] wading through. — [9] washing. — [10] cleaning — [11] troughs. — [12] dirtied. — [13] soiled. — [14] little wall. — [15] azure.

Auf die Gefäße[1] gelehnt; sie aber sagte zum Freunde.
Sage, wie find' ich dich hier? und ohne Wagen und Pferde
Ferne vom Ort, wo ich erst dich gesehn? wie bist du gekommen?

Denkend schaute Hermann zur Erde, dann hob er die Blicke
Ruhig gegen sie auf, und sah ihr freundlich in's Auge,
Fühlte sich still und getrost. Jedoch[2] ihr von Liebe zu sprechen,
Wär' ihm unmöglich gewesen; ihr Auge blickte nicht Liebe,
Aber hellen Verstand, und gebot verständig zu reden.
Und er faßte[3] sich schnell, und sagte traulich zum Mädchen:
Laß mich reden, mein Kind, und deine Fragen erwiedern.
Deinetwegen[4] kam ich hierher! was soll ich's verbergen?
Denn ich lebe beglückt[5] mit beiden liebenden Eltern,
Denen ich treulich das Haus und die Güter helfe verwalten[6].
Als der einzige Sohn, und unsere Geschäfte sind vielfach.
Alle Felder besorg' ich: der Vater waltet[7] im Hause
Fleißig; die thätige Mutter belebet im Ganzen die Wirthschaft.
Aber du hast gewiß auch erfahren, wie sehr das Gesinde[8]
Bald durch Leichtsinn und bald durch Untreu'[9] plaget die Hausfrau,
Immer sie nöthigt[10] zu wechseln und Fehler[11] um Fehler zu tauschen[12].
Lange wünschte die Mutter daher sich ein Mädchen im Hause,
Das mit der Hand nicht allein, das auch mit dem Herzen ihr hülfe
An der Tochter Statt, der leider frühe verlornen.
Nun, als ich heut am Wagen dich sah in froher Gewandtheit[13],
Sah die Stärke[14] des Arms und die volle Gesundheit[15] der Glieder,
Als ich die Worte vernahm, die verständigen, war ich betroffen,
Und ich eilte nach Hause, den Eltern und Freunden die Fremde
Rühmend nach ihrem Verdienst[16]. Nun komm' ich dir aber zu sagen,
Was sie wünschen, wie ich. — Verzeih' mir die stotternde[17] Rede.

---

[1] vessels. — [2] but. — [3] composed. — [4] for thy sake. — [5] blessed. — [6] to attend to. — [7] is busy. — [8] the domestics. — [9] unfaithfulness. — [10] obliges. — [11] fault. — [12] to exchange. — [13] adroitness. — [14] strength. — [15] health. — [16] merit. — [17] stammering.

Scheuet Euch nicht[1], so sagte sie drauf, das Weitre zu sprechen;
Ihr beleidigt mich nicht, ich hab' es dankbar empfunden[2].
Sagt es nur g'rad heraus; mich kann das Wort nicht erschrecken[3]:
Dingen möchtet Ihr mich als Magd für Vater und Mutter,
Zu versehen[4] das Haus, das wohlerhalten[5] Euch dasteht;
Und Ihr glaubet an mir ein tüchtiges Mädchen zu finden,
Zu der Arbeit geschickt und nicht von rohem Gemüthe.
Euer Antrag war kurz; so soll die Antwort[6] auch kurz sein.
Ja, ich gehe mit Euch, und folge dem Rufe des Schicksals.
Meine Pflicht ist erfüllt, ich habe die Wöchnerin wieder
Zu den Ihren gebracht, sie freuen sich alle der Rettung[7];
Schon sind die meisten beisammen, die übrigen werden sich finden.
Alle denken gewiß in kurzen Tagen zur Heimath
Wiederzukehren[8]; so pflegt sich stets der Vertriebne zu schmeicheln.
Aber ich täusche mich nicht mit leichter Hoffnung in diesen
Traurigen Tagen, die uns noch traurige Tage versprechen:
Denn gelös't sind die Bande der Welt; wer knüpfet sie wieder
Als allein nur die Noth, die höchste, die uns bevorsteht!
Kann ich im Hause des würdigen Mannes mich, dienend, ernähren,
Unter den Augen der trefflichen Frau, so thu' ich es gerne;
Denn ein wanderndes Mädchen ist immer von schwankendem Rufe.
Ja, ich gehe mit Euch, sobald ich die Krüge den Freunden
Wiedergebracht[9] und noch mir den Segen der Guten erbeten[10].
Kommt, Ihr müsset sie sehen, und mich von ihnen empfangen.

Fröhlich hörte der Jüngling des willigen Mädchens Entschließung,
Zweifelnd[11] ob er ihr nun die Wahrheit[12] sollte gestehen.
Aber es schien ihm das Beste zu sein, in dem Wahn[13] sie zu lassen,
In sein Haus sie zu führen, zu werben um Liebe nur dort erst.

---

[1] scheuet euch nicht, be not afraid. — [2] felt. — [3] frighten. — [4] to look after. — [5] in good condition. — [6] answer. — [7] safety. — [8] to return back. [9] (have) brought back. — [10] asked for. — [11] doubting. — [12] truth. — [13] delnsion.

Ach! und den goldenen Ring erblickt' er am Finger des Mädchens;
Und so ließ er sie sprechen, und horchte fleißig den Worten.

Laßt uns, fuhr sie nun fort, zurücke kehren! Die Mädchen
Werden immer getadelt, die lange beim Brunnen verweilen;
Und doch ist es am rinnenden[1] Quell so lieblich zu schwätzen.

Also standen sie auf und schauten beide noch einmal
In den Brunnen zurück, und süßes Verlangen[2] ergriff sie.
Schweigend nahm sie darauf die beiden Krüge beim Henkel,
Stieg die Stufen hinan, und Hermann folgte der Lieben.
Einen Krug verlangt er von ihr, die Bürde[3] zu theilen.
Laßt ihn! sprach sie; es trägt sich besser die gleichere Last so.
Und der Herr, der künftig befiehlt[4], er soll mir nicht dienen.
Seht mich so ernst nicht an[5], als wäre mein Schicksal bedenklich!
Dienen lerne bei Zeiten das Weib nach ihrer Bestimmung;
Denn durch Dienen[6] allein gelangt sie endlich zum Herrschen[7],
Zu der verdienten Gewalt, die doch ihr im Hause gehöret.
Dienet die Schwester dem Bruder doch früh, sie dienet den Eltern,
Und ihr Leben ist immer ein ewiges Gehen[8] und Kommen,
Oder ein Heben und Tragen, Bereiten und Schaffen für andre.
Wohl ihr, wenn sie daran sich gewöhnt, daß kein Weg ihr zu sauer[9]
Wird, und die Stunden der Nacht ihr sind wie die Stunden des Tages,
Daß ihr niemals die Arbeit zu klein und die Nadel zu fein dünkt,
Daß sie sich ganz vergißt[10], und leben mag nur in andern!
Denn als Mutter, fürwahr, bedarf sie der Tugenden[11] alle,
Wenn der Säugling die Krankende weckt[12] und Nahrung[13] begehret
Von der Schwachen und so zu Schmerzen Sorgen sich häufen.

---

[1] running. — [2] desire. — [3] burden. — [4] commands. — [5] seht an, look at. — [6] serving. — [7] ruling. — [8] this and the next following nouns, Kommen etc. are really infinitives and translated by the present participle, going etc. [9] hard. — [10] forgets. — [11] virtues. — [12] awakes. — [13] nourishment. —

Zwanzig Männer verbunden¹ ertrügen² nicht diese Beschwerde³,
Und sie sollen es nicht; doch sollen sie dankbar es einsehn⁴.

Also sprach sie, und war, mit ihrem stillen Begleiter,
Durch den Garten gekommen, bis an die Tenne⁵ der Scheune,
Wo die Wöchnerin lag, die sie froh mit den Töchtern verlassen,
Jenen geretteten Mädchen, den schönen Bildern der Unschuld⁶.
Beide traten hinein; und von der anderen Seite
Trat, ein Kind an jeglicher Hand, der Richter zugleich ein.
Diese waren bisher der jammernden Mutter verloren;
Aber gefunden hatte sie nun im Gewimmel⁷ der Alte.
Und sie sprangen⁸ mit Lust, die liebe Mutter zu grüßen,
Sich des Bruders zu freu'n, des unbekannten⁹ Gespielen!
Auf Dorotheen sprangen sie dann und grüßten sie freundlich,
Brod verlangend und Obst, vor allem aber zu trinken.
Und sie reichte das Wasser herum. Da tranken¹⁰ die Kinder,
Und die Wöchnerin trank, mit den Töchtern, so trank auch der Richter.
Alle waren geletzt¹¹, und lobten das herrliche Wasser;
Säuerlich¹² war's und erquicklich¹³, gesund zu trinken den Menschen.

Da versetzte das Mädchen mit ernsten Blicken und sagte:
Freunde, dieses ist wohl das letztemal, daß ich den Krug euch
Führe zum Munde, daß ich die Lippen mit Wasser euch netze¹⁴ :
Aber wenn euch fortan am heißen Tage der Trunk¹⁵ labt¹⁶,
Wenn ihr im Schatten der Ruh' und der reinen Quellen genießet,
Dann gedenket auch mein und meines freundlichen Dienstes,
Den ich aus Liebe mehr als aus Verwandtschaft¹⁷ geleistet.
Was ihr mir Gutes erzeigt, erkenn' ich durch's künftige Leben,
Ungern laß' ich euch zwar; doch jeder ist diesmal dem andern

---

¹ united. — ² would bear. — ³ trouble. — ⁴ to see, comprehend. —
⁵ thrashing-floor. — ⁶ innocence. — ⁷ crowd. — ⁸ leaped. — ⁹ unknown. —
¹⁰ drank. — ¹¹ refreshed. — ¹² acid. — ¹³ refreshing. — ¹⁴ moisten. —
¹⁵ drink. — ¹⁶ refreshes. — ¹⁷ relationship.

Mehr zur Last als zum Trost, und alle müssen wir endlich
Uns im fremden Lande zerstreu'n, wenn die Rückkehr[1] versagt ist.
Seht, hier steht der Jüngling, dem wir die Gaben verdanken,
Diese Hülle[2] des Kinds und jene willkommene Speise.
Dieser kommt und wirbt[3], in seinem Haus mich zu sehen,
Daß ich diene daselbst den reichen trefflichen Eltern;
Und ich schlag' es nicht ab[4]; denn überall dienet das Mädchen,
Und ihr wäre zur Last, bedient[5] im Hause zu ruhen.
Also folg' ich ihm gern; er scheint ein verständiger Jüngling.
Und so werden die Eltern es sein, wie Reichen geziemet.
Darum lebet nun wohl, geliebte Freundin, und freuet
Euch des lebendigen Säuglings, der schon so gesund Euch anblickt[6]
Drücket Ihr ihn an die Brust in diesen farbigen Wickeln[7],
O, so gedenket des Jünglings, des guten, der sie uns reichte,
Und der künftig auch mich, die Eure, nähret und kleidet.
Und Ihr, trefflicher Mann, so sprach sie gewendet zum Richter,
Habt Dank, daß ihr Vater mir war't in mancherlei Fällen[8].

Und sie kniete[9] darauf zur guten Wöchnerin nieder,
Küßte die weinende Frau, und vernahm des Segens Gelispel[10].
Aber du sagtest indeß, ehrwürdiger[11] Richter, zu Hermann:
Billig seid Ihr, o Freund, zu den guten Wirthen zu zählen,
Die mit tüchtigen Menschen den Haushalt[12] zu führen bedacht[13] sind.
Denn ich habe wohl oft gesehn, daß man Rinder[14] und Pferde,
Sie wie Schafe[15], genau beim Tausch[16] und Handel betrachtet;
Aber den Menschen, der alles erhält, wenn er tüchtig und gut ist,
Und der alles zerstreut und zerstört durch falsches Beginnen,
Diesen nimmt man nur so auf Glück und Zufall in's Haus ein,

---

[1] return. — [2] covering. — [3] wooes. — [4] abschlagen, to refuse. — [5] waited upon. — [6] looks at. — [7] swaddling-clothes. — [8] cases. — [9] knelt. — [10] whispering. — [11] venerable. — [12] housekeeping. — [13] anxious. [14] cattle. — [15] sheep. — [16] barter.

Und bereuet¹ zu spät ein übereiltes² Entschließen³.
Aber es scheint, Ihr versteht's; denn Ihr habt ein Mädchen erwählet,
Euch zu dienen im Haus und Euren Eltern, das brav ist.
Haltet sie wohl! Ihr werdet, so lang sie der Wirthschaft sich annimmt⁴,
Nicht die Schwester vermissen, noch Eure Eltern die Tochter.

Viele kamen indeß, der Wöchnerin nahe Verwandte,
Manches bringend und ihr die bessere Wohnung verkündend⁵
Alle vernahmen des Mädchens Entschluß, und segneten Hermann
Mit bedeutenden Blicken und mit besondern Gedanken.
Denn so sagte wohl eine zur andern flüchtig an's Ohr hin:
Wenn aus dem Herrn ein Bräutigam wird, so ist sie geborgen⁶.
Hermann faßte darauf sie bei der Hand an und sagte:
Laß uns gehen; es neigt sich der Tag, und fern ist das Städtchen.
Lebhaft gesprächig umarmten darauf Dorotheen die Weiber.
Hermann zog sie hinweg; noch viele Grüße befahl sie.
Aber da fielen die Kinder, mit Schrei'n und entsetzlichem Weinen,
Ihr in die Kleider⁷, und wollten die zweite Mutter nicht lassen.
Aber ein' und die andre der Weiber sagte gebietend:
Stille, Kinder! sie geht in die Stadt und bringt euch des guten
Zuckerbrodes⁸ genug, das euch der Bruder bestellte⁹,
Als der Storch¹⁰ ihn jüngst¹¹ beim Zuckerbäcker¹² vorbeitrug¹³,
Und ihr sehet sie bald mit den schön vergoldeten Deuten¹⁴.
Und so ließen die Kinder sie los, und Hermann entriß sie
Noch den Umarmungen kaum und den fernewinkenden¹⁵ Tüchern.

---

¹ repents. — ² overhurried. — ³ resolve. — ⁴ sich annimmt, takes care of.
⁵ announcing. — ⁶ provided for. — ⁷ ihr in die Kleider, into her clothes. —
⁸ sweet-meats. — ⁹ ordered. — ¹⁰ stork. — ¹¹ the other day. — ¹² confectioner. — ¹³ carried past. — ¹⁴ paper bags — ¹⁵ beckoning far off.

Melpomene.

Hermann und Dorothea.

Also gingen die Zwei entgegen der sinkenden Sonne,
Die in Wolken sich tief, gewitterdrohend¹, verhüllte²,
Aus dem Schleier³, bald hier, bald dort, mit glühenden Blicken
Strahlend⁴ über das Feld, die ahnungsvolle⁵ Beleuchtung⁶./
Möge das drohende Wetter, so sagte Hermann, nicht etwa
Schloßen⁷ uns bringen und heftigen Guß: denn schön ist die Ernte.
Und sie freuten sich beide des hohen wankenden Kornes,
Das die Durchschreitenden fast, die hohen Gestalten, erreichte.

Und es sagte darauf das Mädchen zum leitenden Freunde:
Guter, dem ich zunächst⁸ ein freundlich Schicksal verdanke,
Dach und Fach⁹, wenn im Freien¹⁰ so manchem Vertriebnen der
                                                          Sturm dräut!¹¹
Saget mir jetzt vor allem, und lehret die Eltern mich kennen,
Denen ich künftig zu dienen von ganzer Seele geneigt bin:
Denn kennt jemand den Herrn, so kann er ihm leichter genug thun,
Wenn er die Dinge bedenkt, die jenem die wichtigsten scheinen,
Und auf die er den Sinn, den festbestimmten¹², gesetzt hat.
Darum saget mir doch: wie gewinn' ich Vater und Mutter?

---

¹ threatening a storm. — ² shrouded. — ³ veil. — ⁴ beaming. — ⁵ full of foreboding. — ⁶ light, illumination. — ⁷ hail. — ⁸ first of all. — ⁹ shelter. ¹⁰ in the open air. — ¹¹ threatens. — ¹² firmly fixed.

Und es versetzte dagegen der gute verständige Jüngling:
O, wie geb' ich dir Recht ¹, du gutes treffliches Mädchen,
Daß du zuvörderst dich nach dem Sinne der Eltern befragest!
Denn so strebt' ich bisher vergebens, dem Vater zu dienen,
Wenn ich der Wirthschaft mich als wie der meinigen annahm ²,
Früh den Acker und spät und so besorgend den Weinberg.
Meine Mutter befriedigt' ich wohl, sie wußt' es zu schätzen;
Und so wirst du ihr auch das trefflichste Mädchen erscheinen,
Wenn du das Haus besorgst, als wenn du das deine bedächtest ³.
Aber dem Vater nicht so; denn dieser liebet den Schein auch.
Gutes Mädchen, halte mich nicht für kalt und gefühllos,
Wenn ich den Vater dir sogleich, der Fremden, enthülle.
Ja, ich schwör' es ⁴, das erstemal ⁵ ist's, daß frei mir ein solches
Wort die Zunge verläßt, die nicht zu schwätzen gewohnt ist;
Aber du lockst mir hervor aus der Brust ein jedes Vertrauen.
Einige Zierde verlangt der gute Vater im Leben,
Wünschet äußere Zeichen der Liebe, sowie der Verehrung ⁶,
Und er würde vielleicht vom schlechteren Diener ⁷ befriedigt,
Der dies wüßte ⁸ zu nutzen ⁹, und würde dem besseren gram ¹⁰ sein.

Freudig sagte sie drauf, zugleich die schnelleren Schritte
Durch den dunkelnden ¹¹ Pfad verdoppelnd ¹², mit leichter Bewegung.
Beide zusammen hoff' ich fürwahr zufrieden zu stellen;
Denn der Mutter Sinn ist wie mein eigenes Wesen,
Und der äußeren Zierde bin ich von Jugend nicht fremde.
Unsere Nachbarn, die Franken, in ihren früheren Zeiten
Hielten auf Höflichkeit ¹³ viel ¹⁴, sie war den Edeln und Bürgern
Wie den Bauern gemein und jeder empfahl ¹⁵ sie den Seinen.

---

¹ einem Recht geben, to agree with any one. — ² mich annahm, took care of. — ³ didst care for. — ⁴ I affirm it. — ⁵ first time. — ⁶ respect. — ⁷ servant. — ⁸ knew how. — ⁹ to take advantage of. — ¹⁰ displeased with. — ¹¹ darkening. — ¹² doubling, i. e. hastening. — ¹³ politeness. — ¹⁴ hielten viel auf, thought much of. — ¹⁵ recommended.

Und so brachten bei uns auf Deutscher Seite gewöhnlich
Auch die Kinder des Morgens mit Händeküssen¹ und Knixchen²
Segenswünsche den Eltern, und hielten sittlich³ den Tag aus⁴.
Alles, was ich gelernt und was ich von jung auf gewohnt bin,
Was von Herzen mir geht — ich will es dem Alten erzeigen.
Aber wer sagt mir nunmehr: wie soll ich dir selber begegnen,
Dir, dem einzigen Sohne, und künftig meinem Gebieter⁵?

Also sprach sie, und eben gelangten sie unter den Birnbaum.
Herrlich glänzte der Mond, der volle, vom Himmel herunter;
Nacht war's, völlig bedeckt das letzte Schimmern⁶ der Sonne.
Und so lagen vor ihnen in Massen⁷ gegen einander
Lichter, hell wie der Tag, und Schatten dunkeler Nächte.
Und es hörte die Frage, die freundliche, gern in dem Schatten
Hermann des herrlichen Baums, am Orte, der ihm so lieb war,
Der noch heute die Thränen um seine Vertriebne gesehen.
Und indem⁸ sie sich nieder, ein wenig zu ruhen gesetzet,
Sagte der liebende Jüngling, die Hand des Mädchens ergreifend:
Laß dein Herz dir es sagen, und folg' ihm frei nur in allem.
Aber er wagte kein weiteres Wort, so sehr auch die Stunde
Günstig⁹ war; er fürchtete, nur ein Nein zu ereilen¹⁰,
Ach, und er fühlte den Ring am Finger, das schmerzliche Zeichen.
Also saßen sie still und schweigend neben einander.

Aber das Mädchen begann und sagte: Wie find' ich des Mondes
Herrlichen Schein so süß! er ist der Klarheit des Tags gleich.
Seh' ich doch dort in der Stadt die Häuser deutlich und Höfe,
An dem Giebel ein Fenster; mich däucht, ich zähle die Scheiben.

---

¹ kissing of hands. — ² courtseys. — ³ well behaved. — ⁴ hielten aus, passed. — ⁵ master. — ⁶ gleam. — ⁷ masses. — ⁸ as. — ⁹ favourable. — ¹⁰ to obtain by hurrying.

Was du siehst, versetzte darauf der gehaltene Jüngling,
Das ist unsere Wohnung, in die ich nieder dich führe,
Und dieß Fenster dort ist meines Zimmers im Dache,
Das vielleicht das deine nun wird; wir verändern im Hause.
Diese Felder sind unser, sie reifen zur morgenden[1] Ernte.
Hier im Schatten wollen wir ruhn und des Mahles genießen.
Aber laß uns nunmehr hinab durch Weinberg und Garten
Steigen[2]; denn sieh, es rückt das schwere Gewitter herüber,
Wetterleuchtend[3], und bald verschlingend[4] den lieblichen Vollmond[5].

Und so standen sie auf und wandelten nieder, das Feld hin,
Durch das mächtige Korn, der nächtlichen[6] Klarheit sich freuend;
Und sie waren zum Weinberg gelangt und traten in's Dunkel.

Und so leitet' er sie die vielen Platten hinunter,
Die, unbehauen gelegt, als Stufen dienten im Laubgang.
Langsam schritt sie hinab, auf seinen Schultern die Hände;
Und mit schwankenden Lichtern, durch's Laub[7], überblickte[8] der Mond sie,
Eh' er, von Wetterwolken[9] umhüllt[10], im Dunkeln das Paar ließ.
Sorglich stützte der Starke das Mädchen, das über ihn herging[11];
Aber sie, unkundig[12] des Steigs[13] und der roheren Stufen,
Fehlte[14] tretend, es knackte der Fuß, sie drohte zu fallen.
Eilig streckte gewandt[15] der sinnige[16] Jüngling den Arm aus,
Hielt empor[17] die Geliebte; sie sank ihm leis' auf die Schulter,
Brust war gesenkt[18] an Brust und Wang' an Wange. So stand er,
Starr[19] wie ein Marmorbild[20], vom ernsten Willen gebändigt,
Drückte nicht fester sie an[21], er stemmte[22] sich gegen die Schwere[23].

---

[1] to-morrow's. — [2] descend. — [3] lightening. — [4] swallowing up. — [5] full moon. — [6] nightly. — [7] foliage. — [8] overlooked. — [9] thunder-clouds. [10] enveloped. — [11] hung. — [12] ignorant. — [13] path. — [14] fehlte tretend, took a wrong step. — [15] dexterously. — [16] thoughtful. — [17] up. — [18] leaning against. — [19] rigidly. — [20] marble statue. — [21] drückte sie an, pressed her to himself. — [22] opposed. — [23] weight.

Und so fühlt' er die herrliche Last, die Wärme[1] des Herzens,
Und den Balsam[2] des Athems[3], an seinen Lippen verhauchet[4],
Trug mit Mannesgefühl[5] die Heldengröße[6] des Weibes.

Doch sie verhehlte[7] den Schmerz, und sagte die scherzenden Worte:
Das bedeutet[8] Verdruß, so sagen bedenkliche Leute,
Wenn beim Eintritt[9] in's Haus, nicht fern von der Schwelle, der Fuß
knackt.
Hätt' ich mir doch fürwahr ein besseres Zeichen gewünschet!
Laß mich ein wenig verweilen, damit dich die Eltern nicht tadeln
Wegen[10] der hinkenden[11] Magd, und ein schlechter Wirth du erscheinest.

---

[1] warmth. — [2] balm. — [3] breath. — [4] exhaled. — [5] manly feeling. — [6] heroic greatness. — [7] concealed. — [8] signifies. — [9] entering. — [10] on account of. — [11] limping.

Urania.

Aussicht.

Musen[1], die ihr so gern die herzliche Liebe begünstigt,
Auf dem Wege bisher den trefflichen Jüngling geleitet,
An die Brust ihm das Mädchen noch vor der Verlobung[2] gedrückt habt:
Helfet auch ferner den Bund des lieblichen Paares vollenden,
Theilet die Wolken sogleich, die über ihr Glück sich heraufziehn[3]!
Aber saget vor allem, was jetzt im Hause geschiehet.

Ungeduldig betrat die Mutter zum drittenmal[4] wieder
Schon das Zimmer der Männer, das sorglich erst sie verlassen,
Sprechend vom nahen Gewitter, vom schnellen Verdunkeln[5] des Mondes;
Dann vom Außenbleiben[6] des Sohns und der Nächte Gefahren;
Tadelte lebhaft die Freunde, daß, ohne das Mädchen zu sprechen,
Ohne zu werben für ihn, sie so bald sich vom Jüngling getrennet.

Mache nicht schlimmer[7] das Uebel! versetzt' unmuthig[8] der Vater;
Denn du siehst, wir harren ja selbst und warten des Ausgangs[9].

Aber gelassen begann der Nachbar sitzend zu sprechen:
Immer verdank' ich es doch in solch unruhiger Stunde

---

[1] Muses. — [2] betrothal. — [3] draw (themselves) up. — [4] third time. — [5] overclouding. — [6] staying abroad. — [7] worse. — [8] ill-humoredly. — [9] issue.

Meinem seligen Vater, der mir, als Knaben, die Wurzel
Aller Ungeduld¹ ausriß,² daß auch kein Fäschen³ zurückblieb,
Und ich erwarten lernte sogleich, wie keiner der Weisen.

    Sagt, versetzte der Pfarrer, welch' Kunststück⁴ brauchte der Alte?
Das erzähl' ich Euch gern, denn jeder kann es sich merken,
Sagte der Nachbar darauf. Als Knabe stand ich am Sonntag
Ungeduldig einmal, die Kutsche begierig erwartend,
Die uns sollte hinaus zum Brunnen führen der Linden.
Doch sie kam nicht; ich lief, wie ein Wiesel⁵, dahin und dorthin,
Treppen hinauf und hinab, und von dem Fenster zur Thüre.
Meine Hände prickelten⁶ mir; ich kratzte⁷ die Tische,
Trappelte⁸ stampfend herum, und nahe war mir das Weinen.
Alles sah der gelassene Mann; doch als ich es endlich
Gar zu thöricht betrieb, ergriff er mich ruhig beim Arme,
Führte zum Fenster mich hin und sprach die bedenklichen Worte:
Siehst du des Tischlers⁹ da drüben für heute geschlossene¹⁰ Werkstatt¹¹?
Morgen eröffnet¹² er sie; da rührt sich Hobel¹³ und Säge¹⁴,
Und so geht es von frühe bis Abend die fleißigen Stunden.
Aber bedenke dir dieß: der Morgen wird künftig erscheinen,
Da der Meister¹⁵ sich regt mit allen seinen Gesellen¹⁶,
Dir den Sarg zu bereiten und schnell und geschickt zu vollenden;
Und sie tragen das bretterne¹⁷ Haus geschäftig herüber,
Das den Geduld'gen zuletzt und den Ungeduldigen aufnimmt¹⁸,
Und gar bald ein drückendes Dach zu tragen bestimmt ist.
Alles sah ich sogleich im Geiste wirklich geschehen,
Sah die Bretter gefügt und die schwarze Farbe bereitet,
Saß geduldig nunmehr und harrete ruhig der Kutsche.

---

¹ impatience. — ² tore out. — ³ little fibre. — ⁴ artifice. — ⁵ weasel. —
⁶ itched. — ⁷ scratched. — ⁸ tripped. — ⁹ joiner's. — ¹⁰ shut up. — ¹¹ workshop. — ¹² opens. — ¹³ plane. —. ¹⁴ saw. — ¹⁵ master. — ¹⁶ assistants. —
¹⁷ of boards. — ¹⁸ receives.

Rennen andere nun in zweifelhafter¹ Erwartung²
Ungebärdig³ herum, da muß ich des Sarges gedenken.

Lächelnd sagte der Pfarrer: Des Todes rührendes Bild steht
Nicht als Schrecken⁴ dem Weisen, und nicht als Ende dem Frommen⁵.
Jenen drängt es in's Leben zurück und lehret ihn handeln;
Diesem stärkt es, zu künftigem Heil, im Trübsal⁶ die Hoffnung;
Beiden wird zum Leben der Tod. Der Vater mit Unrecht
Hat dem empfindlichen Knaben den Tod im Tode gewiesen.
Zeige man doch dem Jüngling des edel reifenden Alters
Werth, und dem Alter die Jugend; daß beide des ewigen Kreises
Sich erfreuen und so sich Leben im Leben vollende!

Aber die Thür' ging auf⁷. Es zeigte das herrliche Paar sich,
Und es erstaunten⁸ die Freunde, die liebenden Eltern erstaunten
Ueber die Bildung der Braut, des Bräutigams Bildung vergleichbar;
Ja, es schien die Thüre zu klein, die hohen Gestalten
Einzulassen⁹, die nun zusammen betraten die Schwelle.

Hermann stellte den Eltern sie vor¹⁰, mit fliegenden Worten.
Hier ist, sagt' er, ein Mädchen, so wie ihr im Hause sie wünschet.
Lieber Vater, empfanget sie gut; sie verdient es. Und, liebe
Mutter, befragt sie sogleich nach dem ganzen Umfang¹¹ der Wirthschaft,
Daß Ihr seht, wie sehr sie verdient, Euch näher zu werden.

Eilig führt' er darauf den trefflichen Pfarrer bei Seite,
Sagte: Würdiger Herr, nun helft mir aus dieser Besorgniß¹²
Schnell, und löset den Knoten, vor dessen Entwicklung¹³ ich schaudre¹⁴.
Denn ich habe das Mädchen als meine Braut nicht geworben,

---

¹ doubtful. — ² expectation. — ³ unbecomingly. — ⁴ terror. — ⁵ to the pious man. — ⁶ adversity. — ⁷ ging auf, opened. — ⁸ were astonished. — ⁹ to let in. — ¹⁰ stellte vor, introduced. — ¹¹ extent. — ¹² anxiety. — ¹³ unraveling. — ¹⁴ shudder.

Sondern sie glaubt, als Magd in das Haus zu gehn, und ich fürchte,
Daß unwillig¹ sie flieht, sobald wir gedenken der Heirath.
Aber entschieden sei es sogleich! Nicht länger im Irrthum
Soll sie bleiben, wie ich nicht länger den Zweifel ertrage.
Eilet und zeiget auch hier die Weisheit, die wir verehren!
Und es wendete sich der Geistliche gleich zur Gesellschaft.
Aber leider getrübt war durch die Rede des Vaters
Schon die Seele des Mädchens; er hatte die munteren Worte,
Mit behaglicher Art, in gutem Sinne gesprochen:
Ja, das gefällt mir, mein Kind! Mit Freuden erfahr' ich, der Sohn hat
Auch wie der Vater Geschmack², der seiner Zeit es gewiesen,
Immer die Schönste zum Tanze geführt, und endlich die Schönste
In sein Haus, als Frau, sich geholt; das Mütterchen war es.
Denn an der Braut, die der Mann sich erwählt, läßt gleich sich erkennen³,
Welches Geistes er ist, und ob er sich eigenen Werth fühlt.
Aber Ihr brauchtet wohl auch nur wenig Zeit zur Entschließung?
Denn mich dünket fürwahr, ihm ist so schwer nicht zu folgen.

Hermann hörte die Worte nur flüchtig; ihm bebten die Glieder
Innen, und stille war der ganze Kreis nun auf einmal.

Aber das treffliche Mädchen, von solchen spöttischen⁴ Worten,
Wie sie ihr schienen, verletzt⁵ und tief in der Seele getroffen,
Stand, mit fliegender Röthe⁶ die Wange bis gegen den Nacken⁷
Uebergossen; doch hielt sie sich an und nahm sich zusammen,
Sprach zu dem Alten darauf, nicht völlig die Schmerzen verbergend:
Traun⁸! zu solchem Empfang⁹ hat mich der Sohn nicht bereitet,
Der mir des Vaters Art geschildert¹⁰, des trefflichen Bürgers;
Und ich weiß, ich stehe vor Euch, dem gebildeten Manne,

---

¹ indignantly. — ² taste. — ³ läßt sich erkennen, it may be seen.
⁴ mocking. — ⁵ wounded. — ⁶ blush. — ⁷ neck. — ⁸ truly. — ⁹ reception. —
¹⁰ described.

Der sich klug mit jedem beträgt¹, und gemäß den Personen.
Aber so scheint es, Ihr fühlt nicht Mitleid² genug mit der Armen,
Die nun die Schwelle betritt³ und die Euch zu dienen bereit ist:
Denn sonst würdet Ihr nicht mit bitterem Spotte mir zeigen,
Wie entfernt mein Geschick von Eurem Sohn und von Euch sei.
Freilich tret' ich nur arm, mit kleinem Bündel in's Haus ein,
Das, mit allem versehn⁴, die frohen Bewohner gewiß macht;
Aber ich kenne mich wohl, und fühle das ganze Verhältniß⁵.
Ist es edel, mich gleich mit solchem Spotte zu treffen,
Der auf der Schwelle beinah mich schon aus dem Hause zurücktreibt⁶?

Bang bewegte sich Hermann, und winkte⁷ dem geistlichen Freunde,
Daß er in's Mittel sich schlüge⁸, sogleich zu verscheuchen⁹ den Irrthum.
Eilig trat der Kluge heran, und schaute des Mädchens
Stillen Verdruß und gehaltenen Schmerz und Thränen im Auge.
Da befahl ihm sein Geist, nicht gleich die Verwirrung zu lösen,
Sondern vielmehr das bewegte Gemüth zu prüfen des Mädchens.

Und er sagte darauf zu ihr mit versuchenden¹⁰ Worten:
Sicher, du überlegtest¹¹ nicht wohl, o Mädchen des Auslandes,
Wenn du bei Fremden zu dienen dich allzu¹² eilig entschlossest¹³,
Was es heiße, das Haus des gebietenden Herrn zu betreten;
Denn der Handschlag¹⁴ bestimmt das ganze Schicksal des Jahres,
Und gar vieles zu dulden verbindet ein einziges Jawort¹⁵.
Sind doch nicht das Schwerste des Dienstes die ermüdenden¹⁶ Wege,
Nicht der bittere Schweiß der ewig drängenden Arbeit:
Denn mit dem Knechte zugleich bemüht¹⁷ sich der thätige Freie;
Aber zu dulden die Laune des Herrn, wenn er ungerecht tadelt,

---

¹ behaves. — ² compassion. — ³ treads on. — ⁴ provided. — ⁵ relation, in which we stand to each other. — ⁶ drives back. — ⁷ beckoned. — ⁸ sich in's Mittel schlüge, might mediate. — ⁹ scare away. — ¹⁰ probing. — ¹¹ didst consider. — ¹² much too. — ¹³ didst resolve. — ¹⁴ shake of the hand. — ¹⁵ word of assent. — ¹⁶ tiring. — ¹⁷ exerts.

Oder dieses und jenes begehrt, mit sich selber im Zwiespalt,
Und die Heftigkeit¹ noch der Frauen², die leicht sich erzürnet³.
Mit der Kinder roher und übermüthiger Unart⁴:
Das ist schwer zu ertragen, und doch die Pflicht zu erfüllen
Ungesäumt⁵ und rasch, und selbst nicht mürrisch⁶ zu stocken.
Doch du scheinst mir dazu nicht geschickt, da die Scherze des Vaters
Schon dich treffen so tief, und doch nichts gewöhnlicher vorkommt⁷,
Als ein Mädchen zu plagen, daß wohl ihr ein Jüngling gefalle.

Also sprach er. Es fühlte die treffende Rede das Mädchen,
Und sie hielt sich nicht mehr: es zeigten sich ihre Gefühle
Mächtig, es hob sich die Brust, aus der ein Seufzer⁸ hervordrang⁹.

Und sie sagte sogleich mit heißvergossenen¹⁰ Thränen:
O, nie weiß der verständige Mann, der im Schmerz uns zu rathen
Denkt, wie wenig sein Wort, das kalte, die Brust zu befreien
Je von dem Leiden vermag, das ein hohes Schicksal uns auflegt¹¹.
Ihr seid glücklich und froh, wie sollt ein Scherz euch verwunden¹²!
Doch der Krankende fühlt auch schmerzlich die leise Berührung¹³.
Nein, es hülfe mir nichts, wenn selbst mir Verstellung gelänge¹⁴.
Zeige sich¹⁵ gleich, was später nur tiefere Schmerzen vermehrte,
Und mich drängte vielleicht in stillverzehrendes¹⁶ Elend.
Laßt mich wieder hinweg! Ich darf im Hause nicht bleiben:
Ich will fort und gehe, die armen Meinen zu suchen,
Die ich im Unglück verließ, für mich nur das Beßere wählend.
Dies ist mein fester Entschluß; und ich darf Euch darum nun bekennen¹⁷,
Was im Herzen sich sonst wohl Jahre hätte verborgen.
Ja, des Vaters Spott hat tief mich getroffen: nicht, weil ich

---

¹ vehemence. — ² mistress (here gen. sing.). — ³ sich erzürnet, gets angry.
⁴ naughtiness. — ⁵ without delay. — ⁶ sullenly. — ⁷ happens. — ⁸ sigh. —
⁹ pressed forth. — ¹⁰ shed. — ¹¹ imposes. — ¹² wound. — ¹³ touch. —
¹⁴ mir Verstellung gelänge, I should succeed in dissembling. — ¹⁵ zeige sich,
it shall show itself. — ¹⁶ silently consuming. — ¹⁷ confess.

Stolz und empfindlich bin, wie es wohl der Magd nicht geziemet,
Sondern weil mir fürwahr im Herzen die Neigung sich regte
Gegen den Jüngling, der heute mir als ein Erretter[1] erschienen.
Denn als er erst auf der Straße mich ließ, so war er mir immer
In Gedanken geblieben; ich dachte des glücklichen Mädchens,
Das er vielleicht schon als Braut im Herzen möchte bewahren.
Und als ich wieder am Brunnen ihn fand, da freut' ich mich seines
Anblicks so sehr, als wär' mir der Himmlischen einer erschienen.
Und ich folgt' ihm so gern, als nun er zur Magd' mich geworben.
Doch mir schmeichelte freilich das Herz (ich will es gestehen)
Auf dem Wege hieher[2], als könnt' ich vielleicht ihn verdienen,
Wenn ich würde des Hauses dereinst unentbehrliche[3] Stütze.
Aber, ach! nun seh' ich zuerst die Gefahren, in die ich
Mich begab, so nah dem Stillgeliebten[4] zu wohnen[5].
Nun erst fühl' ich, wie weit ein armes Mädchen entfernt ist
Von dem reicheren Jüngling, und wenn sie die tüchtigste wäre.
Alles das hab' ich gesagt, damit ihr das Herz nicht verkennet,
Das ein Zufall beleidigt, dem ich die Besinnung verdanke.
Denn das mußt' ich erwarten, die stillen Wünsche verbergend,
Daß er sich brächte[6] zunächst die Braut zum Hause geführet;
Und wie hätt' ich alsdann die heimlichen Schmerzen ertragen!
Glücklich bin ich gewarnt[7], und glücklich löf't das Geheimniß[8]
Von dem Busen sich los, jetzt, da noch das Uebel ist heilbar[9].
Aber das sei nun gesagt. Und nun soll im Hause mich länger
Hier nichts halten, wo ich beschämt und ängstlich nur stehe,
Frei die Neigung bekennend[10] und jene thörichte Hoffnung.
Nicht die Nacht, die breit sich bedeckt mit sinkenden Wolken,
Nicht der rollende Donner[11] (ich hör' ihn) soll mich verhindern[12],
Nicht des Regens[13] Guß, der draußen gewaltsam[14] herabschlägt[15],

---

[1] deliverer. — [2] hither. — [3] indispensable. — [4] silently loved. — [5] to dwell. — [6] would bring. — [7] warned. — [8] secret. — [9] curable. — [10] confessing. — [11] thunder. — [12] prevent. — [13] rain. — [14] violently. — [15] beats down.

Noch der sausende¹ Sturm. Das hab' ich alles ertragen
Auf der traurigen Flucht, und nah am verfolgenden² Feinde.
Und ich gehe nun wieder hinaus, wie ich lange gewohnt bin,
Von dem Strudel³ der Zeit ergriffen, von allem zu scheiden.
Lebet wohl! ich bleibe nicht länger; es ist nun geschehen.

Also sprach sie, sich rasch zurück nach der Thüre bewegend,
Unter dem Arm das Bündelchen⁴ noch, das sie brachte, bewahrend.
Aber die Mutter ergriff mit beiden Armen das Mädchen,
Um den Leib sie fassend, und rief verwundert und staunend:
Sag', was bedeutet mir dieß? und diese vergeblichen Thränen?
Nein, ich lasse dich nicht; du bist mir des Sohnes Verlobte.

Aber der Vater stand mit Widerwillen⁵ dagegen,
Auf die Weinende schauend, und sprach die verdrießlichen Worte:
Also das ist mir zuletzt für die höchste Nachsicht⁶ geworden,
Daß mir das Unangenehmste⁷ geschieht noch zum Schlusse⁸ des Tages!
Denn mir ist unleidlicher⁹ nichts als Thränen der Weiber,
Leidenschaftlich¹⁰ Geschrei, das heftig verworren beginnet,
Was mit ein wenig Vernunft sich ließe gemächlicher¹¹ schlichten¹².
Mir ist lästig¹³, noch länger dieß wunderliche Beginnen
Anzuschauen¹⁴. Vollendet es selbst; ich gehe zu Bette.
Und er wandte sich schnell, und eilte zur Kammer zu gehen,
Wo ihm das Ehbett¹⁵ stand, und wo er zu ruhen gewohnt war.
Aber ihn hielt der Sohn, und sagte die flehenden¹⁶ Worte:
Vater, eilet nur nicht und zürnt nicht über das Mädchen!
Ich nur habe die Schuld¹⁷ von aller Verwirrung zu tragen,
Die unerwartet¹⁸ der Freund noch durch Verstellung vermehrt hat.

---

[1] howling. — [2] pursuing. — [3] whirlpool. — [4] little bundle. — [5] dislike.
[6] indulgence. — [7] most disagreeable. — [8] end. — [9] unbearable. — [10] passionate. — [11] more comfortably. — [12] sich ließe schlichten, might be arranged. -
[13] tiresome. — [14] to behold. — [15] marriage-bed. — [16] imploring. — [17] blame.
[18] unexpectedly.

Redet, würdiger Herr! denn Euch vertrau' ich die Sache.
Häufet nicht Angst[1] und Verdruß; vollendet lieber das Ganze!
Denn ich möchte so hoch Euch nicht in Zukunft[2] verehren,
Wenn Ihr Schadenfreude[3] nur übt statt herrlicher Weisheit.

Lächelnd versetzte darauf der würdige Pfarrer und sagte:
Welche Klugheit hätte denn wohl das schöne Bekenntniß[4]
Dieser Guten entlockt[5], und uns enthüllt ihr Gemüthe?
Ist nicht die Sorge sogleich dir zur Wonn' und Freude geworden?
Rede darum nur selbst! was bedarf es fremder Erklärung[6]?

Nun trat Hermann hervor und sprach die freundlichen Worte:
Laß dich die Thränen nicht reu'n[7], noch diese flüchtigen Schmerzen:
Denn sie vollenden mein Glück und, wie ich wünsche, das deine.
Nicht das treffliche Mädchen als Magd, die Fremde, zu dingen,
Kam ich zum Brunnen; ich kam, um deine Liebe zu werben.
Aber, ach! mein schüchterner Blick, er konnte die Neigung
Deines Herzens nicht sehn; nur Freundlichkeit[8] sah er im Auge,
Als aus dem Spiegel du ihn des ruhigen Brunnens begrüßtest.
Dich in's Haus nur zu führen, es war schon die Hälfte des Glückes.
Aber nun vollendest du mir's! O, sei mir gesegnet!
Und es schaute das Mädchen mit tiefer Rührung zum Jüngling,
Und vermied[9] nicht Umarmung und Kuß, den Gipfel[10] der Freude,
Wenn sie den Liebenden sind die langersehnte[11] Versicherung[12]
Künftigen Glücks im Leben, das nun ein unendliches[13] scheinet.

Und den Uebrigen hatte der Pfarrherr alles erkläret.
Aber das Mädchen kam, vor dem Vater sich herzlich mit Anmuth
Neigend, und so ihm die Hand, die zurückgezogene[14] küssend,

---

[1] anxiety. — [2] future. — [3] joy at other people's discomfort. — [4] confession. — [5] drawn from. — [6] explanation. — [7] laß dich ... nicht reuen, do not repent of. — [8] kindliness. — [9] avoided. — [10] summit. — [11] long wished for. — [12] assurance. — [13] endless. — [14] drawn back.

Sprach: Ihr werdet gerecht[1] der Ueberraschten verzeihen,
Erst die Thränen des Schmerzes, und nun die Thränen der Freude.
O, vergebt[2] mir jenes Gefühl! vergebt mir auch dieses,
Und laßt nur mich in's Glück, das neu mir gegönnte, mich finden![3]
Ja, der erste Verdruß, an dem ich Verworrene schuld[4] war,
Sei der letzte zugleich! Wozu[5] die Magd sich verpflichtet[6],
Treu, zu liebendem Dienst, den soll die Tochter Euch leisten.

Und der Vater umarmte sie gleich, die Thränen verbergend.
Traulich kam die Mutter herbei und küßte sie herzlich,
Schüttelte Hand in Hand; es schwiegen die weinenden Frauen.

Eilig faßte darauf der gute verständige Pfarrherr
Erst des Vaters Hand und zog ihm vom Finger den Trauring[7],
(Nicht so leicht; er war vom rundlichen[8] Gliede gehalten)
Nahm den Ring der Mutter darauf und verlobte die Kinder;
Sprach: Noch einmal sei der goldenen Reifen Bestimmung,
Fest ein Band zu knüpfen, das völlig gleiche[9] dem alten.
Dieser Jüngling ist tief von der Liebe zum Mädchen durchdrungen,
Und das Mädchen gesteht, daß auch ihr der Jüngling erwünscht ist.
Also verlob' ich euch hier und segn' euch künftigen Zeiten,
Mit dem Willen der Eltern, und mit dem Zeugniß[10] des Freundes.

Und es neigte sich gleich mit Segenswünschen der Nachbar.
Aber als der geistliche Herr den goldenen Reif nun
Steckt' an die Hand des Mädchens, erblickt' er den anderen staunend,
Den schon Hermann zuvor[11] am Brunnen sorglich betrachtet.
Und er sagte darauf mit freundlich scherzenden Worten:

---

[1] justly. — [2] forgive. — [3] mich finden, become used to. — [4] the cause. — [5] (that) to which. — [6] engaged. — [7] wedding ring. — [8] roundish. — [9] may be like. — [10] attestation. — [11] before.

Wie? du verlobtest dich schon zum zweitenmal¹? Daß nicht der erste
Bräutigam bei dem Altar sich zeige mit hinderndem Einspruch²!

Aber sie sagte darauf: O, laßt mich dieser Erinnrung³
Einen Augenblick weihen⁴! Denn wohl verdient sie der Gute,
Der mir ihn scheidend gab und nicht zur Heimath zurückkam.
Alles sah er voraus, als rasch die Liebe der Freiheit,
Als ihn die Lust, im neuen veränderten Wesen zu wirken,
Trieb nach Paris zu gehn, dahin, wo er Kerker⁵ und Tod fand.
Lebe glücklich! sagt' er. Ich gehe; denn alles bewegt sich
Jetzt auf Erden einmal, es scheint sich alles zu trennen.
Grundgesetze⁶ lösen sich auf der festesten Staaten,
Und es löst der Besitz sich los vom alten Besitzer,
Freund sich los von Freund; so löst sich Liebe von Liebe.
Ich verlasse dich hier; und wo ich dich jemals wieder
Finde — wer weiß es? Vielleicht sind diese Gespräche die letzten.
Nur ein Fremdling, sagt man mit Recht, ist der Mensch hier auf Erden;
Mehr ein Fremdling als jemals ist nun ein jeder geworden.
Uns gehört der Boden nicht mehr; es wandern die Schätze⁷;
Gold und Silber schmilzt⁸ aus den alten heiligen Formen⁹;
Alles regt sich, als wollte die Welt, die gestaltete, rückwärts¹⁰
Lösen in Chaos¹¹ und Nacht sich auf und neu sich gestalten.
Du bewahrst mir dein Herz; und finden dereinst wir uns wieder
Ueber den Trümmern der Welt, so sind wir erneute Geschöpfe,
Umgebildet¹² und frei und unabhängig¹³ vom Schicksal,
Denn was fesselte¹⁴ den, der solche Tage durchlebt¹⁵ hat!
Aber soll es nicht sein, daß je wir, aus diesen Gefahren
Glücklich entronnen¹⁶, uns einst mit Freuden wieder umfangen¹⁷,
O, so erhalte mein schwebendes Bild vor deinen Gedanken,

---

¹ second time. — ² objection. — ³ remembrance. — ⁴ consecrate. —
⁵ prison. — ⁶ fundamental laws. — ⁷ treasures. — ⁸ melts. — ⁹ forms. —
¹⁰ backwards. — ¹¹ Chaos. — ¹² transformed. — ¹³ independent. — ¹⁴ would
fetter. — ¹⁵ lived through. — ¹⁶ escaped. — ¹⁷ embrace.

Daß du mir gleichem Muthe zu Glück und Unglück bereit seist!
Locket neue Wohnung dich an¹ und neue Verbindung,
So genieße mit Dank, was dann dir das Schicksal bereitet.
Liebe den Liebenden rein, und halte dem Guten dich dankbar.
Aber dann auch setze nur leicht den beweglichen Fuß auf²;
Denn es lauert³ der doppelte Schmerz des neuen Verlustes.
Heilig sei dir der Tag; doch schätze das Leben nicht höher
Als ein anderes Gut, und alle Güter sind trüglich⁴.
Also sprach er — und nie erschien der Edle mir wieder.
Alles verlor⁵ ich indeß, und tausendmal⁶ dacht' ich der Warnung⁷.
Nun auch denk' ich des Worts, da schön mir die Liebe das Glück hier
Neu bereitet und mir die herrlichsten Hoffnungen aufschließt⁸.
O, verzeih', mein trefflicher Freund, daß ich, selbst an dem Arm dich
Haltend, bebe! So scheint dem endlich gelandeten⁹ Schiffer¹⁰
Auch der sicherste Grund des festesten Bodens zu schwanken.

Also sprach sie und steckte die Ringe neben einander.
Aber der Bräutigam sprach, mit edler männlicher Rührung:
Desto fester sei, bei der allgemeinen Erschütterung¹¹,
Dorothea, der Bund! Wir wollen halten und dauern,
Fest uns halten und fest der schönen Güter Besitzthum¹².
Denn der Mensch, der zur schwankenden Zeit auch schwankend gesinnt ist,
Der vermehret das Uebel, und breitet es weiter und weiter;
Aber wer fest auf dem Sinne beharrt¹³, der bildet die Welt sich.
Nicht dem Deutschen geziemt es, die fürchterliche Bewegung
Fortzuleiten¹⁴ und auch zu wanken hierhin¹⁵ und dorthin.
Dieß ist unser! so laß uns sagen und so es behaupten!
Denn es werden noch stets die entschlossenen Völker gepriesen,
Die für Gott und Gesetz, für Eltern, Weiber und Kinder

---

¹ anlocken, to attract. — ² down. — ³ lurks. — ⁴ deceptive. — ⁵ lost. —
⁶ a thousand times. — ⁷ warning. — ⁸ unfolds. — ⁹ landed. — ¹⁰ sailor. —
¹¹ concussion. — ¹² possession. — ¹³ persists. — ¹⁴ to propagate. — ¹⁵ hither.

Stritten und gegen den Feind zusammenstehend¹ erlagen².
Du bist mein! und nun ist das Meine meiner³ als jemals.
Nicht mit Kummer will ich's bewahren und sorgend genießen,
Sondern mit Muth und Kraft. Und drohen diesmal die Feinde,
Oder künftig, so rüste⁴ mich selbst und reiche die Waffen.
Weiß ich durch dich nur versorgt das Haus und die liebenden Eltern,
O, so stellt sich die Brust dem Feinde sicher entgegen.
Und gedächte jeder wie ich, so stünde⁵ die Macht auf
Gegen die Macht, und wir erfreuten uns alle des Friedens.

¹ standing together. — ² succumbed. — ³ more mine. — ⁴ arm. — ⁵ would rise.

VOCABULARY

(CONTAINING ALL THE WORDS NOT EXPLAINED IN THE NOTES.)

Ab, off.
Abend, evening.
Aber, but, however.
Absicht, intention.
Abwehren, to ward off.
Ach, ah, alas.
Acht, genuine.
Acker, field, acre.
All, all.
Allein, adj. alone.
Allein, adv. but.
Allgemein, general.
Als, adv. than.
Als, conj. when, as, as if.
Alsdann, then.
Also, so, thus, therefore.
Alt, old.
Altar, altar.
Alter, old age.
Am, at the, on the.
An, by, at, on, to, consisting in.
Anblick, sight.
Ander, other.
Anders, else, different.
Anfangen, to begin.
Anger, village-green.
Ängstlich, anxious.
Anhalten, to stop, to restrain.
Anmuth, grace.
Antheil, sympathy.
Antrag, proposal.
Antworten, to answer.
Apfelbaum, apple-tree.
Apotheker, apothecary.
Arbeit, work.
Arm, der, arm.
Arm, adj. poor.
Art, manner.
Auch, also; so... auch, with the verb at the end of the clause, however.

Auf, prep. upon, at, for.
Auf, adv. on, up, upwards.
Auflösen, to loosen, to dissolve.
Aufstehen, to get up.
Aufsteigen, to rise up.
Auge, eye, sight.
Augenblick, moment.
Aus, prep. and adv. out of, from
Ausland, foreign country.
Ausnehmen, sich, to look.
Aussicht, prospect.
Äussere, exterior.

Bald, soon; bald... bald, now... now.
Balken, beam.
Band, ribbon, tie.
Bändigen, to tame down.
Bang, anxious.
Bank, bench.
Baron, baron.
Bauen, to build.
Bauer, villager.
Baum, tree, beam.
Beben, to tremble.
Bedächtig, thoughtful.
Bedarf (bedürfen), requires.
Bedecken, to cover.
Bedenken, to consider.
Bedenklich, thoughtful, doubtful; difficult, ominous.
Bedeuten, to signify.
Bedeutend, significant, important.
Bedrohen, to threaten.
Bedürfen, to require, to need.
Bedürfniss, want.
Befahl (befehlen), ordered.
Befallen, to befall.
Befehlen, to command.
Befinden sich, to be.

Befragen, to ask.
Befreien, to free.
Befriedigen, to satisfy.
Begann (beginnen), began.
Begeben, sich, (imperf. begab), to betake one's self, to go.
Begegnen, to happen, to meet.
Begehren, to desire.
Begier, desire.
Begierig, desirous, anxious.
Beginnen, to commence.
Beginnen, das, action, doings.
Begleiten, to accompany.
Begleiter, companion.
Begrüßen, to greet.
Begünstigen, to favour.
Begütert, wealthy.
Behaglich, comfortable, easy.
Behaupten, to assert, to maintain.
Behende, quickly.
Bei, by, with.
Beide, both, two.
Beim, at the, near the.
Beinah, almost.
Beisammen, together.
Beispiel, example.
Bekannt, known.
Beklemmen, to oppress.
Beleben, to animate.
Beleidigen, to offend.
Bequemlich, convenient.
Bereit, ready.
Bereiten, to prepare.
Berg, hill.
Beruhigen, to calm, to satisfy.
Berühmt, famous.
Beschämt, ashamed.
Bescheeren, to bestow upon.
Bescheiden, modest.
Beschloß, beschlossen, (beschließen), decided.
Beschränken, to confine.
Beschützen, to protect.
Besinnung, conciousness; coming to one's senses.
Besitzen, to possess.
Besitzer, proprietor.
Besitzung, possession.
Besonder, particular.
Besonders, especially.

Besorgen, to prepare, to look after.
Besorgt, afraid, anxious.
Besser, better.
Bessern, to improve.
Best, best.
Beständig, constant.
Bestehen, to continue.
Besteigen, to mount.
Bestieg, mounted.
Bestimmen, to destine, to determine.
Bestimmt, engaged, destined.
Bestimmung, destination.
Bestreben, to exert.
Betrachten, to contemplate.
Betrat (betreten), entered.
Betreffen, to befall.
Betreiben, to push on, to carry on
Betreten, to tread upon.
Betrieb, betrieben, carried on.
Betroffen, surprised.
Bett, bed.
Bettler, beggar.
Beugen, to bend.
Beutel, purse.
Bevorstehen, to impend over.
Bewaffnet, armed.
Bewahren, to preserve, to guard.
Bewegen, to move.
Beweglich, mobile.
Bewegung, motion, movement.
Bewohner, inhabitant.
Bier, beer.
Bild, image, form, picture.
Bilden, to form, to educate.
Bildung, form.
Billig, properly, justly.
Birnbaum, pear-tree.
Bis, till, until.
Bisher, hitherto.
Bitter, bitter.
Blank, shining, polished.
Blau, blue.
Bleiben, to remain.
Blick, look.
Blicken, to look.
Blume, flower.
Blut, blood.
Boden, ground, soil.
Böse, wicked, evil.
Botschaft, message.

Brachte, (bringen), brought.
Brand, fire.
Brauchen, to use, to require.
Braut, betrothed, bride.
Bräutigam, bridegroom.
Brav, good.
Breit, broad.
Breiten, to spread.
Brett, board.
Bringen, to bring.
Brod, loaf, bread.
Bruder, brother.
Brunnen, well, fountain.
Brust, breast.
Bund, alliance.
Bündel, bundle.
Bürger, citizen.
Busen, bosom.

Cattun, cotton.
Clavier, piano.

Da, adv. there, then.
Da, conj. when, as.
Dach, roof.
Dachte (denken), thought.
Dagegen, against it; in return.
Daher, along; therefore; from it.
Dahin, there, away.
Damals, at that time.
Damit, in order that.
Dank, thanks.
Dankbar, gratefully.
Danken, to thank.
Dann, then.
Daran, by this; to it.
Darauf, then, thereupon.
Darin, in it.
Darum, for it; therefore.
Daselbst, there.
Dastehen, to stand there.
Daß, that; in order that.
Däuchten, to seem.
Dauern, to last, to continue.
Davon, of it; away.
Dazu, to it; for it.
Dein, thy; thine.
Denken, to think, to imagine.

Denn, conj. (as the first word in a clause) for.
Denn, adv. (in the middle of a clause) then.
Der, die, das, art. the.
Der, die, das, relative pronoun, who, which, that.
Der, die, das, demonst. pron. that; he, she, it.
Dereinst, one day, once.
Deuten, to point.
Deutlich, clear.
Deutsch, German.
Dienen, to serve.
Dienst, service.
Dieser, this, that.
Diesmal, dießmal, this time.
Ding, thing.
Dingen, to hire.
Doch, indeed; at least; after all; but, nevertheless; with an imperative or subjunctive: would that; in an exclamation: why.
Doch wohl, I suppose.
Doppelt, double.
Dorf, village.
Dort, there.
Dorthin, thither.
Drängen, to crowd, to press, to push.
Drauf, thereupon.
Draußen, outside.
Drei, three.
Dringen, to urge; to press.
Dritte, third.
Drohen, to threaten.
Drüben, over there.
Druck, pressure.
Drücken, to press.
Du, thou.
Dulden, to bear, to suffer.
Dunkel, adj. dark.
Dunkel, subst. darkness.
Durch, prep. and adv. through, between.
Durchdrungen, penetrated.
Durchschreiten, to walk through.
Dürftig, needy, scantily.

Eben, just, just now.
Echo, Echo.

Ecke, corner.
Edel, noble.
Ehe, before.
Eher, rather, sooner.
Ehpaar, married couple.
Ehre, honour.
Ehren, to honour.
Eigen, own.
Eile, haste.
Eilen, to hasten.
Eilig, hastily.
Ein, a, an, one.
Ein, adv. into, in.
Einander, one another.
Einige, some.
Einmal, once; auf einmal, all at once; noch einmal, once more.
Einsam, lonely, deserted.
Einst, once.
Einzeln, single, in detail.
Einzig, only.
Eirund, oval.
Elend, misery, exile.
Eltern, parents.
Empfangen, to receive.
Empfinden, to feel.
Empfindlich, sensitive, annoying.
Emsig, assiduous, eager.
Ende, end.
Enden, to end.
Endlich, at last.
Engel, angel.
Entbehren, to miss, to go without.
Entfernt, distant.
Entgegen, towards, against.
Enthüllen, to unveil, to develop.
Entriß, entrissen, (entreißen) snatched away.
Entscheiden, to decide.
Entschieden, decided.
Entschließung, resolution.
Entschlossen, resolute, decided.
Entschluß, resolution.
Entsetzlich, terrible.
Entstürzen, to fall out.
Entzücken, to delight.
Er, he.
Erblicken, to perceive.
Erde, earth.
Erfahren, to learn, to see, to experience.

Erfreuen, to rejoice.
Erfüllen, to fulfil.
Ergötzen, to delight, to amuse.
Ergreifen, to seize.
Ergriff, ergriffen, seized.
Erhalten, to preserve, to keep, to maintain.
Erheben, to raise.
Erheitern, to cheer up.
Erhob, erhoben, raised.
Erinnern, to remind.
Erinnern, sich, to remember.
Erkennen, to recognize.
Erklären, to explain.
Ernähren, to nourish.
Erneuen, to renew.
Erneuern, to renew.
Ernst, grave, serious.
Ernte, harvest.
Erquicken, to refresh.
Erreichen, to reach.
Erscheinen, to appear.
Erschien, erschienen, appeared.
Erst, first; adv. only just.
Ertragen, to bear.
Erwählen, to choose.
Erwähnen, to mention.
Erwarten, to expect, to await.
Erwiedern, to reply.
Erwünscht, wished for.
Erzählen, to relate.
Erzeigen, to show, to render.
Erzeugen, to produce, to beget.
Es, pron. it; adv. there.
Etwa, perhaps.
Etwas, something, a little.
Euer, your, yours.
Ewig, ever, eternal.

Fabrik, manufacture.
Fahren, to drive, to go.
Fallen, to fall.
Falsch, wrong.
Falten, to fold.
Fand (finden), found.
Farbe, color.
Farbig, colored.
Fassen, to seize, to enclose; fassen — an, to seize.

Faß, cask.
Fein, fine.
Feind, enemy.
Feld, field.
Felsen, rock.
Fenster, window.
Fern (e), far, afar.
Fest, firm.
Fest, subst. festival.
Festlich, festive.
Feuer, fire.
Feurig, fiery.
Fiel, fielen (fallen), fell; fiel — an, attacked.
Finden, to find.
Finger, finger.
Fläche, plain surface.
Flanell, flanel.
Flasche, bottle, flask.
Fleiß, industry.
Fleißig, industrious.
Fliegen, to fly.
Fliehen, to flee, to shun.
Flucht, flight.
Flüchten, to rescue.
Flüchtig, fugitive, cursorily.
Flüchtling, fugitive.
Fluth, wave.
Folgen, to follow.
Fort, away, on; fort — fahren, to continue.
Fortan, henceforth.
Frage, question.
Fragen, to enquire.
Franke, Frenchman.
Frau, wife, woman.
Frei, free.
Freien, to woo.
Freiersmann, wooer.
Freiheit, freedom.
Freilich, certainly, to be sure.
Fremd, strange.
Fremdling, stranger.
Freude, joy.
Freudig, joyful.
Freuen, sich, to rejoice.
Freund, Freundin, friend.
Freundlich, friendly, pleasant.
Freundschaft, friendship.
Frieden, peace.

Friedlich, peaceful.
Froh, cheerful, joyous.
Fröhlich, joyful.
Frucht, fruit, corn.
Fruchtbar, fertile.
Früh, early.
Fügen, to join, to add.
Fühlen, to feel.
Fuhr (fahren) drove; fuhr — auf, started up, fuhr — fort, continued.
Führen, to lead, to carry on, to have in hand.
Führer, leader, driver.
Fuhrwerk, vehicle.
Fülle, abundance.
Fünfzig, fifty.
Für, for.
Furcht, fear.
Fürchten, to fear.
Fürchterlich, fearfully.
Fürwahr, truly, forsooth.
Fuß, foot.

Gab, gaben (geben), to give.
Gabe, gift.
Ganz, whole, quite.
Gar, very, much, moreover.
Garten, garden.
Gasse, street.
Gattin, wife.
Gebälke, beams.
Gebäude, building, structure.
Geben, to give.
Gebieten, to command.
Geblieben (bleiben), remained.
Gebot, geboten (gebieten), commanded.
Gebracht (bringen), brought.
Gebrauch, use, custom.
Gedachte, gedächte (gedenken), thought.
Gedanke, subst. thought.
Gedenken, to mention, to remember, to intend.
Gedräng, crowding.
Geduldig, patient.
Gefahr, danger.
Gefährlich, dangerous.
Gefährte, companion.
Gefallen, to please.
Gefühl, feeling.
Gefühllos, unfeeling.

Gefunden (finden), found.
Gegen, against, towards, opposite.
Gegend, neighbourhood.
Gehalten, restrained, self-contained.
Gehauen, cut.
Gehen, to go, to pass.
Gehn, subst. going, walking.
Gehören, to belong to.
Geist, spirit, mind.
Geistlich, ecclesiastical.
Geistliche, der, clergyman.
Gelangen, to arrive at.
Gelassen, calm, tranquil.
Geld, money.
Gelehnt, leaning.
Geliebte, beloved one.
Gemäß, agreeable, appropriate.
Gemein, secular, common.
Gemeine, community.
Gemüth, mind, heart.
Genau, accurately.
Geneigt, inclined.
Genießen, to enjoy.
Genug, enough.
Gepriesen (preisen), extolled.
Gerade, straight, direct.
Gerathen, to get somewhere.
Geräusch, noise.
Gering, little.
Gern, willingly.
Gerührt, touched, moved.
Gesandt, sent; Gesandte, der, messenger.
Geschäft, business, occupation.
Geschäftig, busy.
Geschehen, to happen.
Geschichte, history, story.
Geschick, fate.
Geschickt, clever, fit.
Geschieht (geschehen), happens.
Geschlecht, race, sex.
Geschöpf, creature.
Geschrei, crying.
Geschwinde, quickly.
Gesellschaft, company.
Gesetz, law.
Gesicht, face.
Gesinnung, character, sentiment.
Gesinnt, minded.
Gespiele, playmate.
Gespräch, conversation.

Gesprächig, loquacious.
Gesprochen (sprechen), spoken.
Gestalt, form.
Gestalten, to form.
Gestehen, to confess.
Gestern, yesterday.
Gesund, healthy, wholesome.
Gethan (thun), done.
Getöse, loud noise.
Getrieben (treiben), urged on.
Getroffen (treffen), struck.
Getrost, full of confidence.
Gewalt, violence, power.
Gewaltig, mighty.
Gewerbe, trade.
Gewiesen (weisen), shown.
Gewinne, to gain, to gain over.
Gewiß, certain.
Gewitter, thunderstorm.
Gewogen, favorable.
Gewöhnen sich, to accustom one's self.
Gewöhnlich, usual.
Gewohnt, accustomed.
Geworben (werben), wooed.
Geziemen, to befit.
Giebel, gable.
Ging (gehen), went.
Glänzen, to shine.
Glas, glass.
Glauben, to believe.
Gleich, equal, even.
Gleich, adv. at once, immediately.
Glied, limb.
Glocke, bell.
Glück, good fortune.
Glücklich, happy, fortunate.
Glühen, to glow.
Gluth, glow.
Gold, gold.
Golden, golden.
Goldstück, gold-piece.
Gönnen, to grant; not to grudge.
Gott, God.
Graben, ditch, moat.
Grade, straight.
Gränze, boundary.
Greis, old man.
Grimmig, fierce.
Groß, large, great.
Größe, size.

Grün, green.
Grund, foundation, reason.
Gruß, greeting.
Grüßen, to greet.
Guß, downpour of rain.
Gut, adj. good, well.
Gut, subst. property.
Gütig, kind, kindly.

Haar, hair.
Habe, property.
Haben, to have.
Halb, half.
Hälfte, half.
Halten, to hold, to restrain, to keep.
Hand, hand.
Handel, trade, bargain.
Handeln, to act, to deal.
Hängen, to hang.
Hangen, verb. neut. to hang.
Harren, to wait.
Hart, hard, severely.
Haufe, heap.
Häufen, to accumulate.
Haupt, head.
Haus, house, home; nach Hause, home; zu Hause, at home.
Hausfrau, housewife.
Häuslich, domestic, domesticated.
Hauswirth, landlord.
Heben, to raise, to lift.
Hecke, hedge.
Heftig, violent.
Hegen, to harbour.
Heil, hail! happiness.
Heilig, holy, sacred.
Heimath, home.
Heimlich, secret.
Heirath, marriage.
Heiß, hot.
Heißen, to call, to be called; to signify.
Heiter, cheerful.
Helfen, to help.
Hell, clear, bright.
Hemd, shirt.
Hengst, stallion.
Henkel, handle.
Her, hither, along since.

Herab, down.
Heran, hither, up, on.
Heraus, out, out here.
Herbei, hither.
Herein, in, in here.
Hereinkommen, to come in.
Herr, the Lord; gentleman; Mr.
Herrlich, glorious, noble.
Herüber, over here.
Herum, about, round.
Herunter, down.
Hervor, forth, forward.
Herz, heart.
Herzlich, hearty, heartfelt.
Heu, hay.
Heulen, to howl.
Heute, to-day.
Hieb (hauen), cut.
Hielt (halten), held, restrained; hielt an or auf, restrained.
Hier, here.
Hierher, hieher, hither.
Himmel, sky, heaven.
Himmlisch, heavenly.
Hin, away, along.
Hinab, down.
Hinan, up there.
Hinauf, up, upwards.
Hinaus, out.
Hindern, to hinder.
Hindurch, through.
Hinein, in.
Hinüber, over there.
Hinunter, down.
Hinweg, away.
Hinzu, there, to him.
Hob (heben), raised.
Hoch, high, highly.
Hochherzig, highminded.
Höchlich, highly.
Hof, yard farm.
Hoffen, to hope.
Hoffnung, hope.
Holen, to fetch.
Hölzern, wooden.
Horchen, to listen.
Hören, to hear.
Hügel, hill.
Hülf' (helfen), would avail, would help.
Hülfe, help.

Hülfreich, full of help.
Hund, dog.
Hundert, hundred.
Hut, hat.

Ich, I.
Ihr, her, hers; their, theirs.
Ihrig, hers (its).
Im, in the.
Immer, always, ever; any how.
In, in.
Indessen, meanwhile.
Indeß, meanwhile.
Innen, inside.
Irgend, any, some, at all.
Irre, wandering astray.
Irren, to go astray; to be mistaken.
Irrthum, error, mistake.

Ja, yes, indeed.
Jahr, year.
Jammer, misery.
Jammern, to lament.
Je, ever.
Jeder, each, every.
Jeglicher, each.
Jemals, ever.
Jemand, somebody.
Jener, that.
Jetzo, now.
Jetzt, now.
Jugend, youth.
Jung, young.
Jungfrau, maiden.
Jüngling, youth.

Kalt, cold.
Kam (kommen), came.
Kammer, chamber.
Kannte (kennen), knew.
Karren, Karre, cart.
Kaufen, to buy.
Kaufmann, merchant.
Kaum, scarcely.
Kehren, to sweep, to turn, to return.
Kein, no, none.
Kennen, to know.
Kind, child.
Kinn, chin.
Kirche, church.

Klarheit, clearness.
Kleiden, to clothe.
Kleider, clothes.
Klein, small, little.
Klug, wise, sensible.
Klugheit, wisdom, prudence.
Knabe, boy.
Knacken, to crack.
Knapp, tightly.
Knecht, servant.
Knöchel, ankle.
Knoten, knot, tie.
Knüpfen, to tie.
Kommen, to come.
König, king.
Können, to be able, can, may.
Kopf, head.
Korb, basket.
Korn, corn, wheat.
Körper, body.
Kosten, to cost; to taste.
Kosten, die, expenses.
Köstlich, costly, precious.
Kraft, strength.
Krank, sick, ill.
Kranken, to be ill.
Kränken, to hurt.
Krause, collar.
Kreis, circle.
Krieg, war.
Krug, jug.
Kühlung, coolness.
Kühn, bold.
Kummer, sorrow, care.
Künftig, future; in future.
Kurz, short.
Kuß, kiss.
Küssen, to kiss.
Kutsche, coach.

Lächeln, to smile.
Lachen, to laugh.
Lag (legen), lay.
Land, land, country.
Lang, long.
Langsam, slowly.
Lassen, to let, to leave, to let go.
Last, weight, burden.
Latz, stomacher.
Laube, arbour.

Laubgang, walk covered with foliage.
Laufen, to run.
Läugnen, to deny.
Laune, good or ill humour.
Laut, loudly.
Leben, to live.
Leben, life.
Lebendig, living, vigorous.
Lebhaft, lively.
Leer, empty.
Legen, to place, to put.
Lehren, to teach.
Leib, body.
Leicht, lightly, easily.
Leichtlich, easily, lightly.
Leichtsinn, light mindedness.
Leiden, suffering.
Leider, unfortunately.
Leintuch, sheet.
Leinwand, linen.
Leise, softly, gentle.
Leisten, to render.
Leiten, to guide.
Lenken, to guide.
Lernen, to learn.
Letzt, last.
Letztemal, last time.
Leute, people.
Licht, light.
Lieb, dear.
Liebe, love.
Lieben, to love.
Lieber, rather, sooner.
Lieblich, lovely.
Lieblos, unaffectionate.
Lief (laufen), ran.
Liegen, to lie, to be.
Ließ (lassen), left, let.
Linde, linden-tree.
Lippe, lip.
Listig, slily.
Loben, to praise.
Löblich, praiseworthy.
Locken, to allure.
Los, loose, rid.
Lösen, to loosen.
Löwe, lion.
Luft, air.
Lust, pleasure, desire.

Machen, to make.
Mächtig, mighty.
Mädchen, girl.
Magd, maid-servant.
Mahl, repast.
Man, any one, people, they.
Manch, many, much.
Mancherlei, many kinds of.
Mann, man.
Mannichfaltig, manifold.
Männlich, manly.
Markt, market-place.
Mauer, wall.
Mehr, more, longer.
Mehren, to increase.
Mein, my, mine.
Meinig, mine.
Meist, most; am meisten, most.
Menge, crowd.
Mensch, man; pl. people.
Menschlich, human, humane.
Merken, to remark, to remember.
Mieder, boddice.
Milde, mild, charitable.
Milde, charity.
Minchen, little Mina.
Mit, prep. with.
Mit, adv. also.
Mittag, midday.
Möchte, (mögen), should or would like; möchte doch, would that.
Mode, fashion.
Mögen, to like, may; möge doch, would that.
Mond, moon, month.
Morgen, morning, East.
Morgen, adv. to-morrow.
Mund, mouth.
Munter, gay, cheerful.
Müssen, to be obliged, must.
Muth, courage.
Mutter, mother.
Mütterchen, dear little mother.
Mütze, cap.

Nach, to, towards; after, behind.
Nachbar, neighbour.
Nachbarschaft, neighbourhood.
Nachdruck, emphasis.
Nächst, next, nearest.

Nacht, night.
Nackend, naked.
Nadel, needle, pin.
Nah, near.
Nahen, sich, to approach.
Näher, nearer.
Nähern, sich, to approach.
Nahm (nehmen), took; nahm zusammen, collected.
Nähren, to nourish.
Name, name.
Natur, nature.
Neben, besides, by the side of.
Nebenher, alongside.
Nehmen, to take.
Neigen, to bend, to incline.
Neigung, inclination.
Nein, no.
Neu, new.
Neugier, curiosity.
Neulich, the other day.
Nicht, not.
Nichts, nothing.
Nicken, to nod.
Nie, never.
Nieder, down.
Niemals, never.
Niemand, nobody.
Nimmt (nehmen), takes.
Noch, nor. — Still, yet, moreover.
Noth, distress.
Nun, now.
Nunmehr, now.
Nur, only; at least.
Nutzen, profit.
Nützlich, useful.

Ob, whether, if.
Oben, above, upstairs.
Obst, fruit.
Ochs, ox.
Oder, or.
Offen, open.
Öffnen, to open.
Oft, öfter, oftmals often.
Ohne, without.
Ohr, ear.
Ordnen, to arrange.
Ort, place.

Paar, pair.
Packen, to pack.
Peinlich, painfully.
Person, person.
Pfad, path.
Pfarrer, parson.
Pfarrherr, parson.
Pferd, horse.
Pflanzen, to plant.
Pflaster, pavement.
Pflegen, to be accustomed.
Pflicht, duty.
Plagen, to plague.
Platte, flag-stone.
Platz, place, spot.
Plündern, to plunder.
Prächtig, splendid.
Prassen, to revel.
Prediger, preacher.
Preisen, to extol.
Prüfen, to examine.
Putz, finery.
Putzen, to dress well.

Quell, Quelle, source.

Rächen, to revenge.
Ränke, intrigues.
Rasch, quick.
Rasen, turf.
Rasten, to rest.
Rastlos, restless, unceasing.
Rath, council, counsel.
Rathen, to advise.
Rauben, to rob.
Raum, space, room.
Recht, adj. right; adv. well, very.
Recht, subst. right, reason.
Rede, speech.
Reden, to speak.
Regen, to stir, to bestir.
Regieren, to rule, to govern.
Reich, rich.
Reichen, to give, to reach.
Reichlich, abundant.
Reif, mature.
Reif, subst. ring.
Reifen, to ripen.
Rein, pure.
Reinlich, cleanly, tidy.

Reisend, travelling (traveller).
Rennen, to run, to hurry.
Retten, to save.
Rhein, Rhine.
Richter, judge.
Rief (rufen), called.
Riemen, strap.
Ring, ring.
Rock, coat.
Roh, rough, coarse.
Rollen, to roll.
Roß, horse.
Roth, red.
Rücken, to move.
Rücken, back, ridge.
Rücksicht, regard.
Ruf, call, reputation.
Rufen, to call.
Ruhe, rest, stillness.
Ruhen, to rest.
Ruhig, quiet, calm.
Rühmen, to praise.
Rühren, to stir, to touch.
Rührung, emotion.
Rund, round.
Rüstig, robust.

Saat, wheat in the field.
Sache, business, thing.
Sachte, gently, softly.
Sagen, to say, to tell.
Sah (sehen), saw.
Sämmtlich, all.
Sandte (senden), sent.
Sank (sinken), sank, fell.
Sarg, coffin.
Saß (sitzen), sat.
Sauber, tidy.
Säugling, suckling.
Saum, hem.
Säumen, to be slow.
Schaar, crowd.
Schaden, to injure.
Schaffen, to procure.
Schatten, shadow, shade.
Schätzen, to value, to estimate.
Schauen, to see.
Scheibe, window-pane.
Scheiden, to part, to separate.
Schein, appearance.

Scheinen, to seem, to shine.
Schelten, to scold.
Scherz, joke.
Scherzen, to joke.
Scheu, shy.
Scheuen, to shun.
Scheune, barn.
Schicken, to send.
Schicksal, fate.
Schieden (scheiden), parted.
Schien (scheinen), appeared.
Schlaf, sleep.
Schlafrock, morning-gown.
Schlecht, bad.
Schleppen, to drag.
Schmeicheln, to flatter.
Schmerz, pain.
Schmerzlich, painful.
Schnell, quick.
Schön, fine, beautiful.
Schon, already.
Schöpfen, to draw water.
Schrank, wardrobe.
Schrecklich, dreadful.
Schrein, screaming.
Schrift, writing.
Schritt (schreiten), walked.
Schritt, der, step.
Schüchtern, timid, bashful.
Schule, school.
Schulter, shoulder.
Schutt, rubbish.
Schütteln, to shake.
Schützen, to protect.
Schwach, weak.
Schwanken, to float, to rock, to waver.
Schwarz, black.
Schwatzen, to chatter.
Schweben, to hover, to float.
Schweigen, to be silent.
Schweiß, perspiration, labor.
Schwelle, threshold.
Schwer, heavy, difficult.
Schwerlich, hardly.
Schwester, sister.
Schwieg (schweigen), was silent.
Schwiegertöchterchen, little daughter-in-law.
Schwur (schwören), swore.
Seele, soul.

Segen, blessing.
Segenswunsch, wish for blessing.
Segnen, to bless.
Sehen, to see.
Sehr, very, much.
Sein, his, its.
Sein, to be.
Seit, since.
Seite, side.
Selber, self, even.
Selig, deceased, late.
Selbst, even, self.
Selten, rarely, rare.
Senden, to send.
Setzen, to put, to set, to seat.
Sicher, sure, certain.
Sie, she (it).
Siehe, imper. (sehen), see!
Siehst, sieht, seest, sees.
Silber, silver.
Silbern, of silver.
Singen, to sing.
Sinken, to set, to lower.
Sinn, mind, sense.
Sitz, seat.
Sitzen, to sit.
So, so, thus, such; as; so ... auch, (with the verb at the end of the clause) however.
Sobald, as soon as.
Sogleich, immediately.
Sohn, son.
Solch, such.
Sollen, shall, ought.
Sommer, summer.
Sondern, but.
Sonne, sun.
Sonntag, Sunday.
Sonst, otherwise, formerly.
Sorge, care.
Sorgen, to care.
Sorglich, anxious, carefully.
Sowie, just as, such as.
Späher, spy.
Sparen, to save.
Spät, late.
Spazieren, to promenade.
Speise, food.
Spenden, to give, to spend.
Spiegel, mirror.

Spiegeln, to reflect.
Spielen, to play.
Spott, mockery.
Sprach (sprechen), spoke.
Sprache, language.
Sprechen, to speak.
Spricht (sprechen), speaks.
Spur, trace.
Staat, state.
Stab, staff.
Stadt, town.
Städtchen, little town.
Städter, townsman.
Stall, stable.
Stampfen, to stamp, to tramp.
Stand, der, state, condition.
Stand (stehen), stood.
Stark, strong, thick.
Stärken, to strengthen, to invigorate.
Statt, place.
Statt, adv. instead of.
Stätte, place.
Stattlich, stately.
Staub, dust.
Staubig, dusty.
Staunen, to wonder.
Stecken, to put.
Stehen, to stand.
Stein, stone.
Steinern, of stone.
Stelle, place, spot.
Stellen, to place.
Sterblich, mortal.
Stiefel, boot.
Stieg (steigen), ascended, descended.
Still, quiet, still; im Stillen, in silence.
Stocken, to hesitate.
Stolz, proud.
Straße, street.
Streben, to strive.
Strecken, to stretch.
Streich, stroke, blow.
Streit, quarrel.
Stritt (streiten), fought.
Stroh, straw.
Stube, room.
Stück, piece.
Stufe, step.
Stunde, hour (season).
Sturm, storm, wind.

Stürzen, to fall.
Stützen, to support.
Suchen, to seek for.
Süß, sweet.

Tadeln, to blame.
Tag, day.
Täglich, daily.
Tanz, dance.
Tapfer, valiant.
Täuschen, to deceive.
Thal, valley.
That, deed.
That (thun), did.
Thätig, active.
Theilen, to shave; to disperse.
Theuer, dear.
Thier, animal.
Thor, gate, gateway.
Thöricht, foolishly.
Thorweg, gateway.
Thräne, tear.
Thun, to do.
Thüre, door, gate.
Thurm, tower.
Tief, deep.
Tisch, table (dinner).
Tochter, daughter.
Tod, death.
Traf, hit, struck.
Tragen, to wear, to bear, to carry.
Trat (treten), trod, stept; trat ein, entered.
Traube, bunch of grapes.
Trauen, to trust.
Traulich, confident, familiar.
Traurig, sad.
Treffen, to meet, to hit, to agree.
Trefflich, excellent.
Treiben, to drive, to impel.
Trennen, to separate.
Treten, to step.
Treu, faithful.
Treue, faithfulness.
Treulich, faithful.
Trieb, der, impulse.
Trieb, (treiben), drove.
Trinken, to drink.
Trocken, dry.
Trocknen, to dry.

Trompete, trumpet.
Trost, comfort.
Trösten, to comfort.
Trüben, to trouble.
Trug (tragen), wore, carried.
Trümmer, ruins.
Tuch, cloth, handkerchief.
Tüchtig, strong, able.

Übel, adj. and subst. evil.
Üben, to practise.
Über, over, at.
Ueberall, every where.
Übergeben, to hand over.
Übergossen (gießen), suffused.
Übermüthig, insolent.
Überraschen, to surprise.
Um, around, for; um .... zu, in order to.
Umarmen, to embrace.
Umarmung, embrace.
Umgetrieben, driven about.
Umgiebt, surrounds.
Umher, about.
Umherschweifen, to roam about.
Umsonst, in vain, for nothing.
Unbehauen, unhewn.
Und, and.
Unfall, mishap.
Ungeduldig, impatient.
Ungerecht, unjust.
Ungern, unwillingly.
Unglück, misfortune.
Unmöglich, impossible.
Unrath, dirt.
Unrecht, wrong.
Unruhig, restless, uneasy.
Unser, our, ours.
Unter, under, among.
Unwiderstehlich, irresistable.

Vater, father.
Vaterland, fatherland.
Väterlich, paternal.
Verändern, to change.
Verbannen, to banish.
Verbergen, to conceal.
Verbinden, to bind, to connect.
Verbindung, union.
Verbirgt (verbergen), conceals.

Verborgen, concealed.
Verbrannt, burnt.
Verdanken, to owe.
Verderben, to corrupt
Verdienen, to deserve.
Verdrießlich, peevish, angry, vexatious.
Verdruß, annoyance.
Verehren, to respect, to bestow.
Verfallen, to decay.
Verfaulen, to decay, to rot.
Verfertigen, to make.
Vergebens, in vain.
Vergeblich, vain, in vain.
Vergessen, to forget; forgotten.
Vergleichbar, comparable.
Vergleichen, to compare.
Vergolden, to gild.
Verhüllen, to conceal.
Verkennen, to misunderstand.
Verlangen, to demand, to desire.
Verlassen, to leave, left.
Verließ, (verlassen), left.
Verloben, to betrothe.
Verloren, (verlieren), lost.
Verlust, loss.
Vermag, am, (or is) able.
Vermehren, to increase.
Vermissen, to miss.
Vermögen, to be able.
Vermögen, das, fortune.
Vernahm (vernehmen), heard.
Vernehmen, to hear.
Vernommen, (vernehmen), heard.
Vernunft, reason.
Vernünftig, sensible.
Verrichten, to perform.
Versagen, to refuse.
Versammeln, to assemble.
Verschenken, to give away.
Verschieden, various.
Verschloß (verschließen), closed.
Versetzen, to reply.
Versorgen, to care or provide for.
Versprechen, to promise.
Verstand, understanding.
Verstand (verstehen), understood.
Verständig, intelligent, sensible.
Verstehen, to unterstand.
Verstellung, dissembling.
Vertheilen, to distribute, to disperse.

Vertrauen, to intrust.
Vertrauen, das, confidence.
Vertraulich, confidentially.
Vertrieben (vertreiben), expelled.
Verwahren, to guard, to take care of.
Verwandte, relation.
Verweilen, to tarry.
Verwenden, to employ.
Verwirren, to confuse.
Verwirrung, confusion.
Verworren (verwirren), confused.
Verwundert, suprised, astonished.
Verzehren, to consume.
Verzeihen, to pardon.
Verzweiflung, despair.
Vieh, cattle.
Viel, much, many.
Vielfach, manifold.
Vielgefaltet, with manifolds.
Vielleicht, perhaps.
Vielmal, many times.
Vielmehr, rather, on the contrary.
Vier, four.
Volk, people.
Voll, full.
Vollbracht, vollbrachte, performed.
Vollenden, to complete.
Völlig, completely.
Vom, from, the.
Von, of, from.
Vor, before, ago, from, of.
Voraus, before, beforehand.
Vorbei, past.
Vorbeiziehen, to go or march past.
Vorsicht, caution.
Vorüber, past.

———

Waare, ware, goods.
Wacker, brave, good.
Waffe, weapon.
Wagen, carriage, vehicle.
Wagen, to venture.
Wählen, to choose.
Wählen, das, choosing.
Wahr, true.
Wahrlich, truly.
Wandeln, to walk.
Wandern, to wander, to stroll.
Wandte (wenden), turned.

Wange, cheek.
Wanken, to waver, to wave.
Warm, warm.
Warten, to wait, to tend.
Warum, why.
Was, what, which, that.
Was (i. e. etwas), something.
Wasser, water.
Wechseln, to change, to exchange.
Weg, way, road.
Weg, adv. away.
Weib, woman, wife.
Weibchen, little wife.
Weich, soft.
Weigern, sich, to refuse.
Weil, because.
Wein, wine.
Weinberg, vineyard.
Weinen, to weep.
Weinen, das, weeping.
Weise, wise.
Weise, die, manner.
Weisheit, wisdom.
Weislich, wise, wisely.
Weiß (wissen), know, knows.
Weiß, adj. white.
Weit, wide, far; weiter, further; das Weitere, more about it.
Welch, which.
Welt, world.
Weltlich, secular, worldly.
Wenden, to turn.
Wenig, little; zum wenigsten, at least.
Wenn, when; if; wenn auch, even if, although.
Wer, who? he who.
Werben, to woo.
Werden, to become; (with an infinitive) will, shall.
Werth, adj. worthy.
Werth, der, worth, value.
Wesen, character, existence.
Wetter, weather.
Wichtig, important.
Wickeln, to wrap, to twine.
Widerstehen, to resist.
Wie, like, as, how.
Wieder, again, back.
Wiese, meadow.
Wild, wild.

Wille, will, intention.
Willig, willing.
Willkommen, welcome.
Winkel, corner.
Wirken, to work, to act.
Wirklich, really.
Wirth, host.
Wirthschaft, house-keeping.
Wissen, to know.
Wo, where.
Wöchnerin, lying-in-woman.
Wofern, if.
Wohin, wither.
Wohl, perhaps, well, very well, indeed; doch wohl, I suppose.
Wohl, das, welfare.
Wohlgebildet, well-formed.
Wohlthat, act of kindness.
Wohnung, dwelling.
Wölben, to arch.
Wollen, to wish, will, to aspire.
Wonne, delight.
Wort, word.
Wuchs (wachsen), grew.
Wunder, wonder, miracle.
Wunderlich, strange, odd.
Wunsch, wish.
Wünschen, to wish.
Würdig, worthy.
Wurzel, root.
Wüst, wild, wasted.
Wuth, rage, fury.
Wüthen, to rage; das Wüthen, rage.

Zählen, to count.
Zaudern, to hesitate, to delay.
Zeichen, sign.
Zeigen, to show.
Zeit, time.
Zeitalter, age.
Zerstampfen, to trample.
Zerstören, to destroy.
Zerstreuen, to disperse.
Ziehen, to pull, to move, to rear, to march.
Zierde, ornament, adornment.
Zieren, to adorn.
Zierlich, graceful.
Zimmer, room.

Zog (ziehen), drew, pulled, moved.
Zopf, braid of hair.
Zu. adv. too.
Zu, prep. to, for, at, (may stand after the dative as particle of the verb.)
Zuerst, first.
Zufall, chance, accident.
Zufrieden, content.
Zug, train, procession.
Zügel, bridle.
Zugleich, at the same time.
Zuletzt, at last.
Zum, to the.
Zunächst, next, first.

Zunge, tongue.
Zürnen, to be angry.
Zurück, back, behind.
Zurückblieb, remained behind.
Zurückkam, came back.
Zusammen, together.
Zuvörderst, first of all.
Zwanzig, twenty.
Zwar, it is true, indeed.
Zwei, two.
Zweifel, doubt.
Zweite, second.
Zwiespalt, uncertainty.
Zwischen, between.